Mütter mit Messern
sind gefährlich

Do van Ranst

Mütter mit Messern sind gefährlich

Aus dem Niederländischen von Andrea Kluitmann

CARLSEN

Außerdem von Do van Ranst im CARLSEN Verlag erschienen:

Wir retten Leben, sagt mein Vater
Rabenhaar

1 2 3 12 11 10

Originalverlag: Davidsfonds Uitgeverij NV
Originaltitel: Moeders zijn gevaarlijk met messen
Umschlaggestaltung: Ovo Design
Umschlagtypografie: formlabor
Aus dem Niederländischen von Andrea Kluitmann
Lektorat: Katja Maatsch
Satz: Dörlemann Satz, Lemförde
Druck und Bindung: CPI – Ebner & Spiegel, Ulm
ISBN 978-3-551-58053-5
Printed in Germany

It's a thin line

between love and hate

(Pretenders)

Meine Mutter hat meinen Vater mit einem Messer ermordet.

Trunken vor Bier und Wut kam er auf sie zu, die Hände wie Klauen nach ihr ausgestreckt. Er torkelte mehr, als dass er ging, und stolperte auf halber Strecke zwischen der Wand und ihr, kam aber dennoch recht schnell voran. Schneller, als er betrunken denken konnte, und schneller, als meine Mutter etwas machen konnte. Sie stand am Couchtisch und rührte sich nicht. Oben lagen ihre Kinder und schliefen. Meine Schwester und ich. Ihr wurde klar, dass sie jeden Moment tot sein könnte, und sie dachte an uns, wie wir dort lagen und dort liegen bleiben würden, bis wir vor Hunger starben oder durch etwas, was er nach ihr auch uns antun würde.

Mein Vater war noch einen Seufzer von ihr entfernt. Seine rechte Klaue holte aus. Er zog an den langen Haaren meiner Mutter, bis sie in die Knie ging, drückte mit der anderen Hand ihren Kopf hinunter und klemmte ihn zwischen seine Riesenhand und den Tisch. Es rauschte in ihrem Kopf, das Zimmer fing an sich zu drehen.

Und in diesem Augenblick sah sie das Messer. Es lag auf dem Couchtisch, ganz nah vor ihren Augen, die tränten von dem Druck seiner Hand auf ihrer Schläfe. Mit diesem Messer hatte sie am Abend Käse geschnitten, um ihn vor dem Fernseher zu essen. Das machte sie sonst fast nie. Einen Moment wunderte sie sich über den Zufall, griff dann mit letzter Kraft nach dem Messer und stach blindlings zu. Erst in sein Knie, das sich irgendwo hinter ihrem Rücken befand. Sie hörte ihn fluchen und stöhnen. Er lockerte seinen Griff. Sie stach noch einmal zu, aber jetzt traf sie seine Hand, die er auf die klaffende Kniewunde gelegt hatte. Sie zog das Messer zurück, weil sie spürte, dass sie es noch brauchen würde.

Er rief etwas, aber sie verstand es nicht. Er trat einen Schritt zurück, um Gleichgewicht ringend wie ein Seiltänzer.

Unsere Mutter konnte sich aufrappeln, aber aus den Augenwinkeln sah sie, wie er die Hand erneut ausstreckte, die Finger immer noch wie Klauen gekrümmt. Mit dem Ellbogen wehrte sie die Hand ab. Seine Brust war jetzt frei. Dann stach sie zu. Mitten in das Herz meines Vaters.

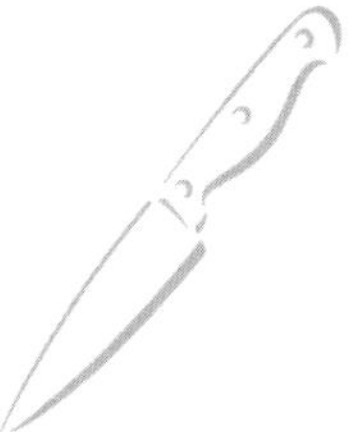

1 Elf Dinge minus drei / Lauter Dinge für Iene

Es muss kurz vor meiner Geburt geschehen sein oder ganz bald danach, denn ich habe meinen Vater nie kennengelernt. Das Einzige, was ich über ihn weiß, ist, dass es ihn gegeben hat und dass er meine Mutter so bis zum Äußersten getrieben hat, dass sie ihn mit einem Küchenmesser erstach.

Das weiß ich von meiner Mutter, obwohl sie manchmal auch behauptet, es sei nicht so gewesen. Zum Beispiel, wenn ich so nachbohre. Das kann sie nicht leiden. Und ich kann ziemlich viel nachbohren, sagt sie. In solchen Momenten erzählt sie lieber die Geschichte, dass meine Schwester und ich von einer Art Zauberer in die Welt gesetzt wurden. Dass er uns wie Kaninchen an den Ohren aus seinem Hut zog. Dass er uns auf den kalten Küchenfußboden legte und wir dort zitterten wie Vögelchen, die aus dem Nest gefallen sind. Aber das ist natürlich Unsinn. Als ob ich das nicht wüsste.

Ich weiß, dass auf dem Teppich unter dem Couchtisch ein dunkelroter Fleck ist. Der ist von meinem Vater. Der Fleck ist sein Blut. Meine Mutter achtet immer darauf, dass der Fleck genau von einem Tischbein verdeckt wird. Aber wenn wir dann alle zusammen auf der Couch sitzen und fernsehen oder wenn Besuch da ist, sehe ich sie manchmal zu dem Tischbein mit dem Fleck darunter schielen. Dann beißt sie sich auf die Unterlippe oder stochert mit dem Daumennagel zwischen ihren Vorderzähnen herum, zwinkert nervös und dann schaut sie zu mir, um zu sehen, ob ich es sehe. Ich tue immer so, als hätte ich es nicht gesehen. Noch nie habe ich auch nur ein Wort über den Blutfleck meines Vaters gesagt. Wenn das Couchtischbein ein klein wenig verschoben ist und man den Fleck ein bisschen sieht, verberge ich ihn blitzschnell wieder. Das mache ich für meine Mutter. Aber wenn sie nicht da ist, schiebe ich den Tisch manchmal ganz weg, um mir den Fleck in Ruhe anzusehen, denn ich sehe ihn mir gern an. Er hat die Form von Tadschikistan, einem bergigen Land über Afghanistan, westlich von China. Das habe ich sofort nachgeschlagen, nachdem ich im Weltatlas in der Schule gesehen hatte, wie sehr der Blutfleck meines Vaters diesem Land ähnelte, als ich nachsitzen musste, weil ich Süleyman im Besenschrank eingesperrt hatte.

Süleyman ist fast so was wie mein Freund. Er ist Türke, aber er hat schon immer hier gewohnt. Süleyman und ich streiten uns oft. Wie das kommt, wird sich später noch zeigen, aber es ist immer seine Schuld, so viel kann ich dir jetzt schon verraten. Er hat da so ein paar Gewohnheiten, die zum Haareausreißen sind. Wenn wir Krach haben, sage ich manchmal, dass ich nur deshalb sein Freund bin, weil das sonst keiner sein will, denn keiner will mit einem Türken befreundet sein. Das ist natürlich Unsinn, ich kenne genügend Jungen mit türkischen Freunden, aber es tut ihm schon weh, glaube ich. Darum sage ich es. Soll er sich eben nicht so blöd anstellen.

Süleyman wohnt sechs Stockwerke über mir im elften Stock. Da wohnen die armen Leute. Je höher im Gebäude man wohnt, desto ärmer ist man. Es gibt fünfzehn Etagen, daran kannst du also sehen, wie mies es Süleymans Eltern geht. Sein Vater arbeitet bei dem Bauunternehmer, der dieses Hochhaus gebaut hat. Darum können sie überhaupt hier wohnen, meine ich. Ich denke mal, sie zahlen die Hälfte. Aber weil sie bei Süleyman zu Hause so viele sind – er hat vier Schwestern und drei Brüder –, haben sie es finanziell sehr schwer. Auch wenn sie zu einem Spottpreis hier wohnen.

Wir wohnen im fünften Stock, aber manchmal fühlt es sich an, als wohnten wir im zehnten. Das kommt, weil meine Mutter von der Sozialhilfe lebt. Manchmal verdient sie etwas dazu. Sie putzt hin und wieder, aber nur selten, weil sie sich die ganze Zeit um meine Schwester kümmern muss. Meine Schwester ist drei Jahre älter als ich. Sie hat den Körper einer Sechzehnjährigen, aber den Verstand eines dreijährigen Kindes. Das jedenfalls sagen die Ärzte. Ich finde, sie ist manchmal im Kopf wie sechs und ab und zu sogar wie zwölf. Ich kann nicht gut erklären, wann das ist oder was genau sie dann macht, aber wirklich, es ist manchmal so. Diese Momente sind ziemlich schwierig, weil ich sie dann am liebsten ganz viel gleichzeitig fragen würde. Fragen, von denen ich denke, sie könnte in diesen Momenten eine Antwort darauf geben. Aber die Momente sind irre kurz, und weil es so viele Dinge gibt, die ich von ihr wissen möchte, aber in so kurzer Zeit niemals alle fragen kann, fällt mir nichts ein. Außerdem kann meine Schwester nicht sprechen.

Meine Schwester heißt Iene, meine Mutter Bekka und ich Jef. Sogar das Hochhaus, in dem wir wohnen, hat einen Namen. Es heißt Zikkurat. Das steht in Bronzebuchstaben über dem Eingang. Ich finde es lächerlich, Gebäuden Namen zu geben, denn ein Name ist doch nur sinnvoll, wenn man ihn ab und zu aus welchem Grund auch immer rufen muss, und Gebäude können – soweit ich weiß – nicht hören. Noch lächerlicher finde ich, dass es einen Namen hat, von dem niemand weiß, was genau er bedeutet. Ich meine, ich bin mir sicher, dass kein einziger Bewohner sich jemals die Mühe gemacht hat herauszufinden, was genau Zikkurat bedeutet. Ich schon. Es kommt von Schiggorat, so hießen die Stufentempel im alten Mesopotamien und in Persien, die aussahen wie Pyramiden.

Oh ja, und dann ist da noch Harry, der Freund meiner Mutter. Aber über ihn will ich noch eine Weile nichts sagen. Ich möchte erst von Iene und meiner Mutter und mir erzählen. Und von Süleyman. Nicht, weil ich so viel Lust dazu hätte, sondern einfach, weil er immer da ist, denn in seinem Stockwerk gibt's nichts zu tun, sagte er. Dort stinkt es nach Pisse und verstaubten Teppichen und Insekten, und es gibt niemals auch nur einen einzigen Moment, in dem kein Hund bellt oder sich kein Baby die Lungen aus dem Leib schreit.

Hier ist es immer ruhig, weil meine Schwester nicht redet und meine Mutter nur leise Worte gegen ihre Wange flüstert. Ich bin sowieso nicht besonders gesprächig. Nur wenn Harry da ist, scheint in unserer Wohnung plötzlich ein Schalter umgelegt zu werden. Aber über Harry wollte ich noch eine Weile nichts sagen.

Iene gibt höchstens Laute von sich, um uns etwas klarzumachen. Kurze, dumpfe Laute, die irgendwo hinten in ihrem Rachen entstehen. Dazu bewegt sie die Hände und ihren Kopf und dadurch wissen wir meistens, was Iene will.

Kleines Beispiel: Wenn sie die Hand hebt und die Finger Richtung Handgelenk krümmt, hat sie Durst. Wenn sie beide Arme verkrampft an den Körper presst und den Kopf in den Nacken legt, muss sie zum Klo. Wenn sie das macht, ohne dabei den Kopf in den Nacken zu legen, hat sie Hunger. Wenn sie nur den Kopf in den Nacken legt, juckt es sie. Aber dann müssen wir noch herausbekommen, wo genau. Dann sitzen meine Mutter und ich ganz nah bei ihr und jeder kratzt woanders, bis wir an Iene merken, dass wir die richtige Stelle gefunden haben, denn dann brummt sie leise. Manchmal legt Iene gut zehn Mal am Tag den Kopf in den Nacken. Das Jucken und der Spaß, den meine Mutter und ich dabei haben, weil wir es als Wettstreit ansehen, die Suche nach Ienes Juckstelle, findet meine Schwester vielleicht das Schönste, was es gibt.

Meine Mutter und ich reden nicht viel miteinander. Wegen Iene, denn es hat irgendwie was Gemeines, die ganze Zeit vor jemandem rumzuschwatzen, der das nicht kann.

Mit Süleyman rede ich auch nicht viel. Er wohl mit mir. Süleyman ist eine echte Quasselstrippe. Er plappert wie ein Mädchen.

Er steht vor meiner Zimmertür. Drei Mal schon hat er geklopft. Ich habe so ein Guckloch in der Tür und sehe ihn ungeduldig rumzappeln. Durch die Linse hat er einen verformten Kopf. Seine Stirn ist viel größer als in Wirklichkeit und seine Schultern sind ganz schmal. Es ist ein wenig, als würde er durch das Loch hineingesaugt werden. Aber ganz sicher nicht von mir! Wenn ich ihn schon aus Versehen ins Zimmer gesaugt hätte, würde ich ihn sofort wieder ausspucken!

Als ich nicht gleich aufmache, legt Süleyman sein Auge an das Loch. Dabei weiß er, dass er so nichts sehen kann, denn man kann nur von drinnen nach draußen schauen und nicht umgekehrt. Das habe ich ihm schon hundert Mal erklärt, und trotzdem macht er es jedes Mal wieder. Er reitet auch immer wieder darauf herum, dass niemand so ein Guckloch in einer normalen Zimmertür hat, höchstens in der Wohnungstür. Noch nie habe ich ihm erzählt, dass es schon da war, als wir herzogen, dass es von den vorigen Mietern stammen muss. Ich schaue nur geheimnisvoll, als wüsste ich verdammt gut, wozu das Guckloch da ist, und als würde eine ganze Theorie damit zusammenhängen. Das erträgt Süleyman nicht. Bevor ich die Tür schließlich öffne, lege ich manchmal noch ein paar Sachen anders hin oder ich zähle bis zwanzig oder sogar bis dreißig, denn Süley hasst es zu warten.

»Warst du am Kacken?«, murmelt er, als ich ihn hereinlasse. Unser Wohnungsgeruch weht mit ihm ins Zimmer. Ich schaue in den Flur, mache die Tür zu und zähle im Kopf auf, was ich gesehen habe: Mamas rote Schuhe, meine weißen Turnschuhe, die Türmatte, auf der früher mal ein Hund mit einem Knochen im Maul abgebildet war, der schon längst abgetreten ist, den Kleiderständer mit dem langen Tweedmantel meiner Mutter, Ienes Regencape und meinen weiß-blau-grünen Anorak mit dem goldfarbenen Reißverschluss, das Regenwasser von Süleymans Schuhen, das eine Spur von der Wohnungstür bis zu meiner Zimmertür hinterlassen hat, Harrys Sporttasche, seine Tennisschuhe und seinen Tennisschläger.

Elf Dinge mit einem einzigen Blick.

»Was ist?«, fragt Süleyman, weil er mich denken sieht. Auch das erträgt er nicht, dass ich Gedanken habe, von denen er nichts weiß.

»Elf Dinge mit einem einzigen Blick«, sage ich.

»Elf?«, fragt Süleyman. Als wüsste er, wovon ich rede.

»Minus drei«, sage ich. Ich lege mich aufs Bett und verschließe mich vor dem Zimmer, Süleyman und fast allem, was es gibt. Nur die Sporttasche, die Tennisschuhe und der Tennisschläger brennen auf meiner Netzhaut. Wenn ich die Augen fester zukneife, als gesund ist, verschmelzen alle drei Dinge zu einem einzigen Fleck, der einem Land ähnelt. Aber ich weiß nicht, welchem. Ich öffne die Augen und schaue zu der Weltkarte an der Decke. Alle Länder tanzen und haben einen rosigen Schleier mit schwarzen Sprengseln. Wie Zellen unter einem Mikroskop.

»Was machst du?«, fragt Süleyman. Ich höre, dass er auf meinem Schreibtischstuhl Runden dreht.

»Senegal«, sage ich.

»Was?«

»Senegal. Harrys Sporttasche, seine Tennisschuhe und sein Tennisschläger.«

»Oh«, sagt Süleyman.

Wir sagen eine Weile nichts und dann fragt Süleyman, was wir heute machen.

Ich zucke mit den Schultern, denn ich habe zu nichts Lust. Außerdem ist er zu mir gekommen und nicht umgekehrt, dann müsste er doch derjenige sein, der so etwas wie einen Plan hat. Aber natürlich kommt Süleyman nur her, weil er sich da oben bis zur Flitzekacke langweilt zwischen dem Krempel seiner Geschwister im sechs mal drei Meter kleinen Wohnzimmer und weil er das Geheule der Babys und der illegalen Stinkehunde satthat. Ich ertrage es nicht, dass er von mir erwartet, ihm einen angenehmen Tag ohne Heulen und Stinken zu bereiten. Während ich auf dem Bett liege und mich frage, wie wir nur Freunde geworden sind, und mir einfällt, dass ich bestimmt wieder mal Mitleid gehabt haben werde, als er zu mir in die Klasse kam und nur angestarrt und total nicht in die Gruppe aufgenommen wurde – denn genau so war es –, höre ich Gepolter im Wohnzimmer und frage mich, ob es meine Mutter und Iene sind, die von der Reha zurückkommen. Oder Harry. Ich hoffe auf meine Mutter und Iene. Aber dann höre ich einen Husten, der wie Alteisen klingt, und ein paar Kehllaute, als würde jemand in der nächsten Sekunde loskotzen, und dann den Aufprall des Schleimpfropfens, den Harry mit Karacho in die Blechschale neben dem Holzofen spuckt. (Das Letzte erfinde ich, wir haben nicht mal einen Holzofen. Aber ich finde, es passt gut zu ihm.)

»Wir können ein wenig rumlaufen«, sage ich.

»Wohin?«, fragt Süleyman.

Ich schließe die Augen, strecke den Arm aus, zeige zur Decke und male einen unsichtbaren Kreis in die Luft. Dann mache ich die Augen auf. Mein Finger zeigt auf die linke obere Ecke der Weltkarte.

»Kanada«, sage ich.

»Ist gut«, sagt Süleyman.

Rumlaufen heißt die Treppe runter bis zum dritten Stock, weil wir da einen Blick auf Suza Moen erhaschen wollen, wenn sie ihre Müllsäcke hinunterbringt, denn heute ist Dienstag, Müllsäcketag. Suza Moen ist fast vierzig, aber sie sieht aus, als wäre sie nicht mal dreißig, und sie trägt Klamotten, die noch weniger bedecken als die der Tänzerinnen in den Clips der Rapper auf MTV, an denen Süleyman und ich uns dumm und dämlich glotzen, wenn wir nicht wissen, was wir machen sollen und uns rumlaufen nicht einfällt. Aber seit Süleyman Suza Moen mal beim Runtertragen geholfen hat, als sie nicht mehr anhatte als einen feuerroten Bademantel bis knapp unter den Hintern, dessen Gürtel sich plötzlich löste, laufen wir öfter rum. Klar, ich zweifle natürlich an Süleymans Geschichte, aber auch wenn sie gelogen ist, kann man nicht ausschließen, dass es mit Suza Moens Bademantel mal genau so geschehen könnte.

Hinter Nummer 318, wo Suza wohnt, ist alles still. Süleyman legt sein Ohr gegen die Tür.

»Süley, lass das«, sage ich. »Stell dir vor, sie kommt plötzlich raus.«

»Das wär's«, sagt er. »Dann lande ich vielleicht mit der Nase zwischen ihren Brüsten.« Er tritt ein paar Schritte zurück und schaut prüfend zur Tür, ob er den Kopf für diesen Fall wohl auf der richtigen Höhe hält. Mir wird fast schlecht von dem Ernst, mit dem er das macht.

»Meinst du …«, sagt er.

»Komm«, sage ich und zerre an seinem Arm.

»Warte.« Er reißt sich los und legt die Wange wieder an die Tür.

»Vielleicht stehen ihre Müllsäcke längst unten«, versuche ich.

»Dann bringt sie eben Altpapier weg«, sagt Süleyman. »Oder Glas.«

»Im Mini-Bademantel?«

»Das könnte sein.«

Als Süleyman Glas sagt, muss ich an meine Schwester denken. Und an unser Flaschenfeld und den Wind.

»Es weht«, sage ich.

»Was?«

»Los, du Dussel«, sage ich. Denn es ärgert mich, dass ich durch ihn an unser Glasflaschenfeld denken muss und erst jetzt den Wind höre. Dass es mir erst durch seine Worte auffällt, während es mir sonst immer gleich auffällt, ohne Worte. Und ganz bestimmt nicht durch Süleymans Worte! Wenn es weht, muss ich weg. Zu Iene.

»Lo-os«, quengle ich. Ich greife wieder nach seinem Arm.

»Sch-t«, macht er. »Ich glaube, ich ...« Aber der Rest seines Satzes geht in den vermeintlichen Geräuschen von Suza Moen unter.

Ich höre Schritte auf den Stufen unter uns. Sie klingen noch ziemlich weit entfernt, aber bei dem Gedanken, es könnte vielleicht Suza Moens Mann sein, bricht mir der Schweiß aus. Ich sehe einen breitschultrigen Kerl vor mir, der zwei Köpfe größer ist als Süleyman und ich zusammen, denn zu Suza Moen gehört einfach ein breitschultriger, großer Mann, und dann am liebsten ein pechschwarzer Afrikaner oder ein mafiamäßiger Italiener. Der muss natürlich zur Hälfte afrikanisches Blut haben, weil Italiener meist klein sind, und das passt nicht zu Suza Moen.

Die Schritte nähern sich, und der Mann, zu dem die Schuhe gehören, hustet, als würde er uns einen Vorsprung verschaffen wollen.

»Komm«, flüstere ich und ziehe Süleyman mit.

Er murmelt, er würde noch was hören und etwas über einen Mini-Bademantel, aber noch ehe er fertig ist mit seinem Gemurmel stehen wir schon im zweiten Stock, weit genug entfernt von Suza Moens Tür. Die pastellgelben Wände dort mit Fotos und Gemälden und die Pflanzen neben jeder Tür beruhigen uns. Die Wohnungsnummern sind goldfarben und vor jeder Tür liegt eine Fußmatte mit *Willkommen* oder *home sweet home* oder einem anderen Text, den das Pastellgelb der Wände, die Gemälde, die Pflanzen und die goldfarbenen Wohnungsnummern Lügen strafen. Wir setzen uns auf die erste Treppenstufe.

Erst sitzen Süleyman und ich nur da und starren vor uns hin. Ich würde gern sagen, dass es hier gut riecht, nach frischer Wäsche und Obst an der Grenze zwischen reif und faul, aber das tue ich nicht, weil Süleyman gerade so kräftig schweigt, und das lasse ich lieber so.

»Kanada ist ein schönes Land«, sagt er nach einer Weile. Als wären wir wirklich dort und schauten uns die Landschaft an.

»Joni Mitchell ist dort geboren«, sage ich.

Ich spüre sein Nicken und frage mich, ob er weiß, dass Joni Mitchell eine Sängerin ist, die meine Mutter sehr mag.

Mit geschlossenen Augen summe ich den Anfang von *Don't interrupt the sorrow*, dem Lieblingslied von mir und meiner Mutter, zu dem wir barfuß tanzen, meine Mutter mit offenen Haaren. Meine Mutter trägt ihr Haar nie offen, außer wenn wir zu diesem Lied tanzen. Mamas Haare sind lang. Länger als die Haare anderer Mütter. Das ist das Erste, worauf ich achte, wenn ich andere Mütter sehe. Gleich bei den ersten Klängen des Songs zieht sie sich das Haargummi mit einer fließenden Bewegung aus dem Haar, wodurch es wie eine Welle am Strand über ihren Rücken rollt. Wir machen Sprünge zu den Congas und kreisen mit den Hüften zu dem Bass, den ich, wenn wir die Lautstärke auf neun drehen, bis in den Bauch fühlen kann. *Don't interrupt the sorrow*, singt meine Mutter dann.

Darn right
In flames our prophet witches
Be polite

denke ich. Eine Sekunde später kommt es mir so vor, als würde das Lied hinter einer Tür auf der Zweiten auch wirklich ertönen, aber das kann natürlich nicht sein. Kaum jemand hört sich noch Musik von Joni an, hat meine Mutter mal gesagt. Ich öffne die Augen und stelle mir vor, dass wir hinter der Tür von Nummer 212 wohnen, wo es nach frischer Wäsche und Obst riecht. Wo die Tür mit einem großen Schloss versperrt ist, oder vielleicht sogar zweien, und wo ein großer, gefährlich aussehender Hund im Flur liegt, der darauf dressiert ist, Süleyman zu beißen, wenn er hineingehen will. Und darauf, Harry aufzufressen, mit Haut und Haaren.

»Schönes Lied, was?«, sagt Süleyman, als ich zu summen aufgehört habe. Er summt weiter und ganz kurz hört es sich an, als wäre es sogar richtig.

Ich zucke die Achseln. »Kennst du ja doch nicht.«

»Kenne ich wohl«, sagt Süleyman.

Er will noch mehr sagen, aber ich stehe auf. Jetzt wird er aufhören zu reden, denn er will natürlich sofort wissen, was ich vorhabe. Aber Süleyman bleibt sitzen und summt einfach weiter. Am liebsten würde ich ihn treten. »Komm«, sage ich, ohne auf ihn zu warten, und gehe nach unten.

Schon auf der sechsten Stufe überholt er mich. »Wohin gehen wir?«, fragt er.

»Zum Aufzug«, sage ich. »Ich will nach Hause.« Und ich denke: Es weht, verdammt noch mal!

»Was machen wir da?«

»Musst du selbst wissen.«

»Wie …«

»Ich gehe in unsere Wohnung und du in eure Bude«, sage ich.

»Oh.«

Hinter mir höre ich, wie er kurz stehen bleibt und dann doch weitergeht. Zumindest höre ich seine Schritte auf den Stufen, aber es klingt, als gehe er nach oben. Wenn ich's nicht besser wüsste, würde ich denken, dass er endlich mal nicht hinter mir herrennt.

Unten an der Treppe schaue ich mich um. Nur, um ganz sicher zu sein. Kein Süleyman weit und breit. Auf Zehenspitzen schleiche ich bis zur Mitte der Treppe zurück nach oben und beuge mich gerade so weit vor, dass ich um die Ecke über den Gang der zweiten Etage spähen kann. Wenn Süleyman sich jetzt umschauen würde, bekäme er einen Riesenschrecken, weil es aussieht, als läge mein Kopf auf der obersten Stufe. Wie abgehackt, du weißt schon. Ich würde Glupschaugen machen wie die Leichen in den Filmen.

Kümmere dich nicht um ihn, befehle ich mir selbst, aber dann will ich es doch wissen. Ich möchte einfach wissen, ob er wieder an Suza Moens Tür horcht und ob er dabei von dem italienischen Afrikaner geschnappt wird, der ihn zusammenschlägt und halb tot dort liegen lässt. Aber auf der dritten Etage sehe ich Süleyman einfach an der Tür vorbeigehen. Er wirft nicht mal einen Blick darauf.

Vielleicht gibt es die Tür für Süleyman ja gar nicht, wenn ich nicht dabei bin. Vielleicht hört Suza Moen dann auch plötzlich auf zu existieren. Wer weiß, vielleicht gibt es sogar Süleyman nicht mehr, ohne mich.

Im Flur unserer Wohnung hängt Harrys Jacke. Neben seinen Tennissachen. Im Flur höre ich seine Stimme. In der Küche kann ich ihn sehen und erfinde seinen Geruch. Am liebsten würde ich kehrtmachen. Zurück ins Treppenhaus, zur zweiten Etage oder zur sechsten. Sogar zur elften würde ich wollen. Sogar zu diesem dämlichen Süleyman.

Aber draußen weht es und dann will ich weg mit Iene. Mit Iene und Mama eigentlich, aber Harry ist da, und wenn er da ist, bleibt sie drinnen.

Iene steht mit ihrem Riesenstuhl zwischen Harry und Mama. Durch den schweren Stuhl mit der hohen Lehne und den breiten Armstützen wirkt es, als wäre Iene die Königin der Wohnung. Und das ist sie vielleicht auch. »Sie regiert über uns«, hat Mama mal gesagt. Da hatte sie die Nase gestrichen voll davon, dass sie erst etwas für sich tun kann, wenn alle Dinge für Iene fertig sind.

Alle Dinge für Iene. Das sagt meine Mutter öfter. Sie sagt es in einem Ton, der verrät, dass sie alle Sorgen ab und zu auch mal gründlich satthat.

Offensichtlich komme ich in die Küche, als alle Dinge für Iene längst fertig sind. Ich mag diese Momente nicht, denn dann ist es, als würde in unserer Wohnung plötzlich nichts mehr passieren, als würde alles stillstehen. Ich mag es viel lieber, wenn meine Mutter etwas tut. Wenn Dinge *geschehen*. Und zwar am liebsten so viele Dinge gleichzeitig, dass unsere Wohnung dadurch noch kleiner wird und wir dann alle ganz dicht zusammenrücken. Aber natürlich nur, wenn Harry nicht da ist. Er hat einen Geruch, von dem mir schlecht wird. Darum wird man mich nie dicht neben ihm sitzen sehen. Mir wird auch ziemlich übel davon, dass alle Dinge für Iene immer zufällig gerade dann fertig sind, wenn er da ist. Ich sagte ja schon, dass in unserer Wohnung ein Schalter umgelegt wird, wenn Harry da ist. Schon allein der Lärm, den er macht, wenn er redet und wenn er läuft oder sich hinsetzt, wenn er isst und trinkt, wenn er etwas aus dem Schrank nimmt, wenn er auf dem Klo sitzt sogar wenn er nur mit den Augen zwinkert, höre ich ihn. Sogar wenn er nichts sagt! Ich weiß, das klingt jetzt gestört, aber es ist wirklich wahr. Wenn er schweigt, atmet er, und weil er irgendwann mal Kettenraucher war, atmet er so grässlich schwer, dass man einen Kerl wie Harry auf keinen Fall in einer Wohnung mit so hauchdünnen Wänden wie unserer unterbringen dürfte! Dieser Mann ist einfach zu groß für eine Wohnung. Ich meine: unsere Wohnung. Eine Wohnung mit einer Mutter, einem Sohn und einer Tochter auf dem Thron.

Aber was ich eigentlich sagen möchte: Er dreht den Lautstärkeknopf unserer Wohnung voll auf, sobald er reinkommt, aber knipst den An/Aus-Schalter meiner Mutter auf Aus. Jetzt zum Beispiel sitzen sie einfach am Küchentisch und blättern in Zeitschriften!

Ich kann an Iene sehen, dass sie es auch nicht mag. Sie hält den Kopf nach vorn und hebt beide Arme in die Höhe, als würde sie sich recken. Dann beugt sie sich ganz weit zurück. Man könnte schwören, dass sie jeden Moment aus dem Stuhl fällt, aber etwas an den Rädern, eine Art Gegengewicht, sorgt dafür, dass sie bei keiner Bewegung – egal wie wild – umkippen kann. Dieser Stuhl hat meine Mutter ein Vermögen gekostet. Die Krankenversicherung hat zwar einen Teil übernommen, aber es blieb noch immer ein Riesenbetrag übrig, den meine Mutter in sechzig Raten ausspucken muss. Aber es sieht nicht so schlecht aus. Meine Mutter muss noch vierzehnmal spucken und dann gehört das Teil offiziell uns.

Der Stuhl hält uns aber noch schön hier auf der Fünften, sagt sie manchmal. Mama würde irgendwann gern auf der Zweiten wohnen, in so einer Wohnung mit einer Fußmatte vor der Tür, die einen willkommen heißt. Aber das können wir uns jetzt eben noch nicht leisten. Die Matte haben wir schon, aber ich habe zu Mama gesagt, sie soll die jetzt noch nicht vor die Tür legen. Es wäre die einzige Matte auf dem gesamten Gang und das wirkt so arrogant. Sie nimmt sie ab und zu zum Angucken aus dem Schrank. Ich sehe ihre Zweifel, ob sie sie nicht doch hinlegen soll. Jedes Mal kann ich sie davon überzeugen, es nicht zu tun. Solange es Harry gibt, finde ich, darf diese Matte nicht vor unserer Tür liegen.

Iene girrt. Ihre Hände über dem Kopf machen Drehbewegungen. Sie sieht aus wie ein Kind, das ein Feuerwehrauto nachahmt.

»Was gibt's, Iene?«, fragt meine Mutter abwesend und schaut weiterhin in ihre Zeitschrift. Iene kann noch hundert Blaulichter über ihrem Kopf einschalten, meine Mutter steht auf ›Aus‹!

»Robert De Niro«, sagt Harry. Er zeigt auf ein Foto. Mamas Augen springen über die leere Stelle zwischen ihren Zeitschriften und landen auf den Fotos dieses De Niro. »Hm«, macht sie. Sie klingt, als würde sie in einer Hängematte in der Sonne liegen. So klang sie früher nie.

2 Kein normales Feld / Dinge, die uns besser machen

Kennst du Birnenbranntwein?

Das ist ein Schnaps, der aus Birnen gemacht wird und darum auch danach schmeckt. Ich habe ihn noch nie getrunken, meine Mutter schon, aber eigentlich möchte ich erzählen, dass in der Flasche mit dem Birnenbranntwein eine Birne ist. Nicht in Stücken oder gemust oder so, nein, eine ganze Birne ist darin. Verstehst du? Das ist das Besondere an diesem Getränk.

Für viele Leute ist es ein Rätsel, wie diese Birne in die Flasche kommt. Ich meine, die Birne kann ja nicht einfach durch den schmalen Hals in die Flasche gestopft worden sein. Es ist auch nicht so, dass die Flasche um die Birne herumgeblasen wird, weil Glas zu blasen unheimlich heiß ist und die Birne verschrumpeln würde, während die Birne in der Birnenbranntweinflasche so glatt ist wie ein Babypopo.

Für mich ist es überhaupt kein Rätsel, wie die Birne in die Flasche gekommen ist, denn hinter unserem Hochhaus ist ein Feld, auf dem die Birnen wachsen, die speziell für diesen Branntwein benutzt werden. Wenn die Birnen ganz klein sind und gerade noch durch den Flaschenhals passen, wird eine Flasche darübergeschoben und mit einem Stück Bindfaden am Ast festgebunden. Wenn an einem Baum fünfhundert Birnen wachsen, hängen auch fünfhundert Flaschen daran. Das müsstest du dir mal anschauen! Wir nennen das Feld das Glasflaschenfeld. Den Namen hat sich meine

Mutter ausgedacht. Ich finde ihn ein wenig öde, aber sie musste selbst so laut darüber lachen, dass ich nichts gesagt habe. Jetzt habe ich mich an den Namen gewöhnt und benutze ihn selbst. Also sage ich: »Mama, ich gehe mit Iene zum Glasflaschenfeld. Es weht nämlich.«

Mama schaut von ihrer Zeitschrift auf. Erst zu mir und dann zu Iene. Und ich denke: Jetzt nickt sie, dass es okay ist, denn wenn es weht, ist Iene auch immer ein wenig unruhiger. Als würde der Wind auch in ihr spielen.

Aber sie schaut wieder zu mir, und dann zu Harry. Er bemerkt es nicht, denn er starrt in seine Zeitschrift, aber Mamas Blick bohrt sich so tief in seine Wange, dass er es spürt und sie ansieht. Ich denke: Was soll das denn jetzt?

»Wir können alle zusammen gehen«, sagt sie.

»Alle zusammen?«, wiederhole ich. Allerdings mit schriller Stimme und hochgezogener Oberlippe. Jetzt bin ich es, der erst zu Iene und dann zu Harry und schließlich mit verärgerter Miene zu Mama schaut.

»Was?«, fragt sie.

Meint sie das ernst? Das Glasflaschenfeld ist nicht irgendein Feld, zu dem man einfach so mit allen zusammen geht. Fast niemand weiß wirklich, wo es liegt. Man muss erst den Kiesplatz hinter unserem Hochhaus überqueren, dann weiter einen schmalen Weg entlang, der zu dem baufälligen Haus führt, in dem früher der Birnenbauer wohnte, aber der ist schon längst tot. Von dort aus gelangt man durch den Zaun an der Seite des Hauses in den Garten dahinter. Am Ende vom Garten steht eine Riesenhecke, die mindestens hundert Jahre nicht mehr geschnitten worden ist. Zwischen der Hecke und der Mauer des Containerparks daneben ist ein Loch, das für Ienes Stuhl gerade groß genug ist. Mit gerade groß genug meine ich, dass Ienes Unterschenkel wohl lauter Striemen bekommen von den gemeinen Zweigen. Ich will nur sagen, es ist leichter, Zugang zum Tresor der Dorfbank zu bekommen als zu unserem Glasflaschenfeld.

Aber es lohnt sich eben. Wir schieben Iene immer genau bis zur Mitte. Ich habe da mal einen Stein hingelegt, aber den brauchen wir jetzt eigentlich nicht mehr, denn von dem Loch in der Hecke bis zum Stein haben Ienes Räder tiefe Spuren in den Sand gezogen, so dass wir nie mehr vom Weg abkommen. Aber wegen genau dieser Spuren muss ich, wenn ich ohne Mama gehe und den Stuhl allein schiebe, mein ganzes Gewicht gegen das Teil stemmen, um überhaupt voranzukommen.

Du fragst dich bestimmt, warum ich diesen langen Weg mit Iene mache und mich an ihrer Karre fast zu Tode schiebe. Nun ja, wenn man da steht, wo wir dann stehen, und es weht gerade richtig, um die Flaschen aneinanderticken zu lassen, dann kommt man sich vor wie an einem Ort, den es eigentlich nicht gibt. Ich meine, es ist ein Ort, an dem es nur Baum und Glas und Wind gibt. Das gegeneinanderschlagende Ticken des Glases ist gleichzeitig ohrenbetäubend und ruhig.

Iene hält nie still, aber wenn sie dort sitzt, wirkt es, als seien ihre Batterien ganz aufgebraucht. Dann sitzt sie vornübergebeugt und lässt die Arme neben dem Stuhl hängen. Sie scheinen länger zu sein, als sie in Wirklichkeit sind. Den Kopf hält sie schräg, als würde sie mit einem Ohr dem Geklingel der Flaschen lauschen. Als würde sie die Laute in ihren Körper fließen lassen, als wäre ihr Ohr der Trichter, der dafür sorgt, dass nichts verloren geht.

»Lass ihn gehen«, sagt Harry. Sein Blick versinkt wieder in seiner Zeitschrift.

Typisch, denke ich.

Dann sieht Harry noch mal kurz zu Mama und macht etwas mit seinen Schultern und seinem Kopf und seinen Augen, das dafür sorgt, dass Mama mir nach ein paar zögernden Sekunden zunickt.

»Na, dann geh eben.« Sie lächelt mich ein wenig verschwommen an. Harry reibt ihr über den Rücken und sie verschränkt die Arme, als sei ihr kalt. Harry schenkt ihr Kaffee nach und sie schaut ihn an und legt den Kopf an seine Brust. Sie unterdrückt ein Gähnen und nestelt sich wieder in ihre Hängematte.

»Komm, Iene«, sage ich. Ich ziehe ihren Thron zwischen den beiden Hängematten hervor und gönne Mama keinen Blick. Und Harry schon gar nicht.

Als wir zum Aufzug gehen, finde ich es plötzlich schade, dass wir doch nicht alle zusammen gehen. Und ich weiß auch, warum. Harry hätte es nicht gefallen. Er hätte über den weiten Weg geflucht und über das Gerümpel und die peitschenden Äste der Hecke. Vielleicht wäre er kurz beeindruckt von so vielen Flaschen und natürlich würde er sich nicht fragen, wie so eine Birne da reinkommt. Er würde sich stattdessen fragen, was wir hier machen und wie lange noch, und mit ein wenig Glück würde er auf den Boden spucken und er würde nicht sehen, wie Mama unbehaglich die Hände knetet. Mama würde sich, wie immer, zu Iene hocken und die Arme um sie schlagen, weil Iene immer warm ist. Sie würde »Komm, los geht's!« zu mir sagen. Und ich: »Meine Dame, die Gondel ist voll.«

Und sie: »Hier ist noch reichlich Platz.«

»Da bin ich mir nicht sicher«, sage ich dann mit gespieltem Ernst.

»Du hast einfach Angst«, sagt Mama lachend.

»Nicht die Bohne«, sage ich. »Aber in der Riesenradordnung steht deutlich, dass nur zwei Personen in eine Gondel dürfen.«

»Du hast einfach Angst«, zieht Mama mich auf. »Höhenangst. Gib's nur zu.«

»Gar nicht wahr«, sage ich.

»Ko-omm«, quengelt sie.

»Also gut.« Ich stelle mich gegenüber von Mama neben Ienes Stuhl und nehme ihre Hand. Ich sage »Tschick« oder »Tschack«, je nachdem, hebe ihren übertrieben gestreckten Arm hoch und knie mich hin. Ich lege den Kopf in Ienes Schoß, genau wie Mama, drücke ihren Arm gegen meinen Rücken und sage wieder »Tschick«.

Mama und ich liegen Auge in Auge.

»Es geht los«, sagt sie.

Dann bleibt es eine Weile still, weil wir noch nicht hoch genug sind, um etwas zu sehen, worüber sich das Reden lohnen würde. Ich höre nur Gerumpel in Ienes Bauch. Das sind die Geräusche aus dem Maschinenraum des Riesenrads, hat Mama sich mal ausgedacht. Ketten, Zahnräder, Springfedern und Schmieröl.

»Was siehst du?«, fragt Mama.

»Die Baumkronen«, sage ich.

»Den Kirchturm.«

»Die Mühlenflügel.«

»Das Dach von Zikkurat.«

»Die Wolken.«

»Einen Piloten in seinem Flugzeug.«

»Wirklich?«

»Er winkt mir zu.«

»Sieht er gut aus?«

»Und ob!«

»Erzähl.«

»Himmelblaue Augen und Dreitagebart.«

Mama würde einfach vergessen, dass Harry da war. Dass es ihn gab.

Jetzt lehne ich an einem Rad von Ienes Stuhl.

Ich habe erst ein paar Minuten auf dem Bauch im Gras gelegen und ihr zugesehen. Wie sie aus ihrem Ohr einen Trichter machte, durch den das Geräusch der aneinanderschlagenden Flaschen in ihren Körper läuft. Wie sie sich vornüber in ihren Stuhl hängte, so dass ich den Nutzen des ewigen Anschnallens plötzlich einsah. Ich rege mich nämlich jedes Mal wieder darüber auf, wenn ich sehe, wie Mama sie mit Gurten über dem Bauch und oberhalb ihrer Brust und unter den Achseln festzurrt.

Ich habe zugesehen, wie sie mit beiden Händen, knapp über dem Gras, eine Bewegung machte, als würde sie etwas einreiben. Ich weiß nicht, was. Die Beine eines Radrennfahrers, zum Beispiel. Oder eine Metallplatte mit öligem Glibberzeugs oder einen Holzfußboden mit Bohnerwachs. Kupfer mit Kupferputzmittel. Etwas, das man mit kreisenden Bewegungen einfettet.

Iene girrte, während sie das machte. Und sie sah mich an. Ich habe mir ihre Bewegungen genau gemerkt, das mache ich immer, wenn sie etwas tut, was ich sie noch nie habe tun sehen. Dann kann ich es Mama erzählen. Sie schreibt es in ein Heft, das sie zur Reha mitnimmt. Dass Iene mich dabei ansah, erzähle ich vielleicht nicht, denn ab und zu muss man auch was für sich behalten.

Als der Wind sich gelegt hatte, hob ich Iene gegen die Rückenlehne ihres Stuhls, und als sie einigermaßen gerade saß, drückte ich gegen ihren Bauch, damit sie tiefer und gerader im Stuhl saß, wie man es bei einem Teddybären mit Reis im Leib macht. Und dann setzte ich mich also gegen ihr Rad.

Manchmal pfeife ich ein Lied aus dem Radio, das ich noch im Kopf habe. Oder ein erfundenes Lied. Manchmal rede ich ein wenig mit Iene, aber dann höre ich wieder auf, weil mir plötzlich klar wird, dass es nicht bei ihr ankommt und es deswegen keinen Sinn hat, weiterzureden. Aber manchmal schaut sie mich so an, dass ich doch unsicher werde. Wenn sie den Kopf ein wenig schräg hält, wie ein Hund, der einen schrillen Ton auffängt. Manchmal spreche ich mit ihr auch über Papa. Oder besser gesagt, ich stelle ihr Fragen über ihn, denn sie hat ihn gekannt. Sie muss fast drei gewesen sein, als es passierte. Aber sie antwortet nie. Iene ist eine stille Zeugin.

Manchmal sage ich auch einfach nichts und fummle ein bisschen an den losen Hautstückchen in meiner Hand herum. Die habe ich, weil ich Ienes Stuhl so viel rumschiebe. Ich versuche sie abzuziehen, aber meistens lösen sie sich erst ein ganzes Stück weiter in meiner Hand. Das tut gemein weh. Man kann es mit dem Abreißen alter Tapeten vergleichen oder dem Ablösen von Leimresten eines Aufklebers auf der Heckscheibe eines Autos, das schon seit Jahren durch Wind und Wetter fährt. Wenn ich mich langweile oder nichts mache, so wie jetzt auf unserem Glasflaschenfeld, veranstalte ich eine Art Wettstreit mit mir selbst. Das geht so: Die Strecke von jedem Finger bis zu meiner Handmitte ist eine Piste. Das Häutchen, das ich am weitesten abknibbeln kann, ehe es reißt, hat gewonnen.

Manchmal lege ich auch einfach den Kopf zum Ausruhen an Ienes Reifen und mach die Augen zu. Dann stelle ich mir alles Mögliche vor. Meistens gute Dinge. Ich meine Dinge, die uns besser machen, Mama, Iene und mich. Dass ich später ein gutes Gehalt bekomme. Meistens stelle ich mir vor, in einem großen Büro zu arbeiten. Nicht so ein langweiliges Büro, in dem jeder allein wie in seinem eigenen Aquarium sitzt, sondern ein Büro, in dem alle Tische querbeet stehen ohne Wände dazwischen und wo jeder sich bei jedem auf die Tischecke setzt, um ein wenig zu plaudern. Nicht, dass es nichts zu tun gäbe. Alle laufen mit dicken Mappen herum und mit Papieren, die aus dem Drucker kommen. Aber es gibt auch eine Kaffeemaschine, die dafür sorgt, dass alle ein paarmal pro Tag ihren Platz verlassen. An den Wänden hängt moderne Kunst, überall stehen Blumen und Pflanzen und jeder hat ein Postfach mit seinem Namen. Das Radio ist immer eingeschaltet.

Manchmal stelle ich mir auch vor, ich sei Kapitän eines Schiffes. Kein Kreuzfahrtschiff oder Öltanker, sondern ein Dreimaster mit gigantischen Segeln. Ich stehe am Ruder, Mama kocht und Iene sitzt auf dem Deck in der Sonne. In meiner Fantasie kann Iene ein klein wenig reden. Sie versteht uns und macht nicht diese Geräusche oder Bewegungen, bei denen sich alle unwohl fühlen und mit denen keiner etwas anfangen kann, außer Mama und mir, weil wir es gewohnt sind. Sie kann auch Dinge festhalten und so. Sie wäscht sich allein und die Zöpfe in ihrem Haar hat sie selbst geflochten. Aber sie sitzt noch immer in ihrem Stuhl, weil ich finde, man sollte in seinen Fantasien nicht übertreiben, weil man ja wieder ins echte Leben zurückmuss.

Heute habe ich Lust zu reden. »Iene«, sage ich, »Mama vermisst uns bestimmt. Sie bleibt nur bei Harry, um ihm einen Gefallen zu tun. Meinst du nicht? Vielleicht kommen wir später zu dritt noch mal her, wenn er weg ist. Würdest du das wollen? Was meinst du, Iene? Dass sie so einen großen Kerl wie Harry nicht ein einziges Mal allein lassen kann!« Ich bilde mir ein, dass Iene nickt. »Vielleicht …« Ich warte. Ich stelle mir vor, dass Iene »Was vielleicht?« fragt. In meinem Kopf macht sie das mit Mamas Stimme, weil ich glaube, Iene würde genau wie sie klingen, wenn sie normal sprechen könnte.

»Vielleicht traut sie ihm nicht«, sage ich und nicke selbst. Heftig. Ich knie mich neben Iene und versuche, ihr in die Augen zu sehen. »Iene?«

Aber sie hält den Kopf weiter im Nacken.

»Juckt es dich, Iene?« Ich kratze ihren Bauch.

Sie brummt.

»Iene juckt es«, sage ich. Und ich kratze und kratze und kratze.

Sie girrt.

Ich kratze an ihrem Hals, aber sofort lässt sie den Kopf vornüberfallen, und meine Hand ist zwischen ihrem Kinn und ihrem Hals gefangen. »Kitzelt das?«, frage ich.

Sie lacht. Ihr Speichel tropft auf meinen Arm. Ich löse meine Finger aus ihrer kräftigen Umklammerung und reibe den Arm hinten an meiner Jeans ab. Dann lasse ich mich auf den Rücken ins Gras fallen und schaue in die Sonne. »Sie vertraut ihm nicht, Iene. Das ist es. Sie kann ihn nicht allein lassen. Sie wäre nur allzu gern mit uns gekommen. Aber er würde unsere Wohnung leer klauen.« Ich setze mich gerade hin und sehe Iene an. »Vielleicht werden wir ihn nie wieder los«, sagte ich. »Andererseits wäre es besser gewesen, Mama wäre mit uns gekommen und hätte ihn allein gelassen. Dann hätte er all unsere Sachen geklaut und wäre geflohen. Schade um unsere Sachen, aber dann wären wir ihn wenigstens los.«

Ich setze mich an Ienes Reifen. »Deinen Stuhl kann er nicht mitnehmen, Schwesterherz«, sage ich. Und ich lache. »Da müsste er dich auch mitnehmen, und ich glaube nicht, dass Harry das will.« Ich drehe mich zu Iene, um zu sehen, ob sie mich nicht wie ein Hund mit schräg gelegtem Kopf ansieht. Aber sie hängt vornüber, die Arme nah am Boden. Der Wind ist stärker geworden. Ich wende den Kopf ein wenig, um das Klingeln einzufangen, wie Iene es macht. Ich schließe die Augen und stehe am Ruder unseres Schiffes.

Als Iene und ich nach Hause kommen, ist Harry nicht mehr da. Jedenfalls ist seine Jacke weg und ich hoffe, er steckt darin.

Ich schiebe Iene vorsichtig durch den schmalen Flur, denn zu beiden Seiten des Stuhls ist nicht mehr als fünf Zentimeter Platz übrig, so schmal ist der Flur. In den Wohnungen auf der ersten und zweiten Etage ist der Flur doppelt so breit wie bei uns. Auf unserer Etage sind auch doppelt so viele Wohnungen wie unten. Wo Süleyman wohnt, sind es drei Mal so viele und auf den beiden oberen Etagen gibt es so viele Wohnungen, dass sie überhaupt keinen Flur mehr haben. Man öffnet die Tür und steht sofort im Wohnzimmer.

Süleyman sagt, das hätten sie für die Polizei so gemacht. Auf den oberen beiden Etagen von Zikkurat wohnen nämlich viele Kriminelle. Mafiosi und Leute, die gesucht werden und untergetaucht sind. Wenn Polizisten die Wohnung stürmen, mit Pistolen und kugelsicheren Westen und Funkgeräten und so, dann können sie sofort alle Personen in der Wohnung unter Beschuss halten. Ich meine, wenn da erst ein Flur ist, müssen sie eigentlich zwei Mal stürmen, verstehst du? Der Lärm vom ersten Mal würde die Verbrecher warnen und ihnen Zeit zur Flucht geben, bevor die Polizisten endlich das Wohnzimmer erreichen. Aber wie ich schon sagte, das habe ich von Süleyman und so ungefähr alles, was aus seinem Mund kommt, ist zweifelhaft.

Durch unseren schmalen Flur hat Iene nicht nur Schrammen an den Beinen von der Hecke zu unserem Glasflaschenfeld, sondern auch an den Armen, vor allem an ihren Ellbogen, die immer gegen die Wände scheuern, weil sie niemals ruhig in ihrem Stuhl sitzen bleiben kann, also auch nicht, wenn wir mit ihr durch den engen Tunnel unserer Wohnung müssen.

Aber meine Schwester hat auch Schrammen, für die weder das Glasflaschenfeld noch der Flur etwas können. Manchmal tut Iene sich selbst weh. Na ja, ich finde nicht, dass sie sich selbst wehtut, denn sie merkt es nicht mal. Sie tut sich eher weh *an* sich selbst, weißt du.

Es ist ganz unterschiedlich. Manchmal macht sie es wochenlang gar nicht, und dann wieder tut sie wochenlang nichts anderes. Dann werden ihre Hände mit Stofflappen umwickelt, durch die sie nichts mehr greifen kann. Die Lappen ähneln Handschuhen, haben aber keine Finger. Und keinen einfachen Gummizug am Handgelenk oder ein paar Knöpfe, sondern eine Schnur, die man zu einem festen Doppelknoten binden muss, und die in ihre Haut schneidet. Es sieht jämmerlich aus. Wenn sie die Dinger trägt, sind wir alle trauriger. Mit alle meine ich natürlich meine Mutter und mich. Nicht Harry, der bemerkt es bestimmt nicht mal.

Mama steht an der Anrichte. Ich schiebe Iene an den Tisch und setze mich neben sie. Mama kehrt uns weiterhin den Rücken zu, als hätte sie nicht gemerkt, dass wir reingekommen sind. Sie schneidet Gemüse in Scheiben, eine Gurke, schätze ich. Hakhakhakhak macht ihr Messer.

Mama ist wild auf Messer.

An ihrem Rücken kann ich erkennen, was sie gerade macht. Sie nimmt das Schneidebrett und schiebt das Gemüse mit der stumpfen Seite des Messers in eine Schüssel. Dann faltet sie Papier auseinander, in dem Fleisch verpackt ist. Steaks oder Koteletts, das kann ich an Mamas Bewegungen nicht erkennen. Sie legt sie auf ein anderes Schneidebrett und tastet nach den Messern unter dem Fenster, die mit der scharfen Klinge, die in einem Holzblock stecken. Mit langen Bewegungen schneidet sie das Fleisch in Streifen. Wir essen oft Fleisch in Streifen. Ich, weil ich es bequem finde, denn dann kann ich mit einer Hand das Gemüse und das Fleisch auf meine Gabel spießen und mit der anderen Hand meinen Kopf stützen, und Mama, weil sie gern schneidet. Nichts ist so wunderbar, wie die Klinge eines perfekt geschliffenen Messers durch rohes Fleisch gleiten zu fühlen, sagt sie.

Sie wühlt in dem Fleisch rum, ein wenig so wie die Klaue bei diesen Spielautomaten auf der Kirmes, und nimmt einen Teller aus dem Schrank über der Anrichte, auf den sie die Fleischstreifen fallen lässt. Das Aufklatschen des Fleisches auf dem Teller verursacht ein blutiges Geräusch, darum tippe ich auf Steak.

Ich huste, denn ich frage mich nun wirklich, ob Mama uns nicht gehört hat. Ich könnte auch etwas sagen, um auf uns aufmerksam zu machen, aber ich habe Angst, dass ich sie dann erschrecke. Mama sagt, das darf man in der Küche niemals machen, jemanden erschrecken. Ganz bestimmt nicht am Herd und ganz sicher nicht, wenn jemand etwas schneidet. Wenn das doch mal passiert und man lässt das Messer fallen, weil man zum Beispiel nach seinem Herzen fasst, dann darf man niemals noch schnell nach dem fallenden Messer greifen. Die Wahrscheinlichkeit, den Griff zu erwischen, ist statistisch besonders klein, sagt Mama.

Mama weiß alles über Messer. Sie ist nämlich Mitglied im Club deutscher Messer. Ich werde kurz erklären, was das ist. Der Club deutscher Messer ist eine Gruppe von Leuten, die auf Küchenmesser schwören, die in Deutschland hergestellt worden sind. Es klingt zwar lächerlich, aber Messer aus Deutschland gehören wirklich zu den allerbesten der ganzen Welt. Der Club trifft sich einmal im Monat und redet dann über die neuesten Modelle und ihre Vor- und Nachteile. Sie vergleichen die Schneide, den Griff, den Kropf und die Angel. Früher dachte ich, ein Kropf wäre etwas, was manche Leute im Hals haben, und nur Fischer hätten eine Angel, aber jetzt weiß ich Bescheid. Der Kropf eines Messers ist der dickere Teil hinten an der Klinge, der gegen den Handgriff stößt. Die Angel ist der schmale Teil des Messers, über den der Handgriff geschoben wird. Den Handgriff nennt man auch Heft. Im Club vergleichen sie bei den verschiedenen Modellen, wie die Angel im Heft befestigt wurde, einfach mit Nieten, starkem Leim oder Kunstharz. Am allerbesten sind natürlich Messer, deren Klinge und Heft aus einem Stück sind, weil dann keine Feuchtigkeit eindringen kann oder Gemüse- oder Fleischreste hängenbleiben und verfaulen können. Der Club regt sich auch mächtig über einige Marken auf, die nur deutsch klingen, es jedoch überhaupt nicht sind. Der Club ist nämlich strikt gegen Messer, die in armen Ländern hergestellt werden, aber eben deutsche Namen tragen, als eine Art Verkaufstrick. Rosenbaum und Breitenbach sind zum Beispiel zwei solcher Marken, die man wie die Pest meiden sollte. Oft hat der Club auch Meinungsverschiedenheiten. Einmal hat eines der Mitglieder, das als Chefkoch arbeitet, gesagt, ein Zwilling J. A. Henckels sei ein Supermesser, mit beispielloser Härte, extrem scharfer Schneide und einem wunderbaren Design und noch mehr Blablabla. Da geriet die Gruppe fast in Aufruhr, denn die Marke mag zwar deutsch sein, das Messer selbst wird aber in Japan hergestellt.

Eigentlich ist Japan ein noch besseres Messerland, aber davon will der Club nichts wissen. Ich glaube, das liegt nur daran, weil sie jedes Jahr eine Fahrt nach Solingen machen, wo die meisten

Messerfabriken sind. Dann besuchen sie so eine Fabrik und bleiben ein paar Tage dort. Ich glaube, der Club würde viel lieber der Club japanischer Messer sein, aber Japan ist viel zu weit weg, um jedes Jahr dorthin zu fahren, und deshalb hat man irgendwann entschieden, bei Deutschland zu bleiben. Das finde ich ungeheuer doof, aber das sage ich natürlich nicht zu einem Club mit so vielen Messern.

Aus dem Messerblock zieht Mama jetzt ein Kartoffelmesser hervor. Aus einer Tüte, die sie in das Spülbecken gelegt hat, nimmt sie eine Kartoffel und fängt an zu schälen. Ihre Ellbogen, die wie dicke, stumpfe Flügel über ihren Hüften herausragen, machen kurze Bewegungen, die ein wenig hilflos aussehen, wenn man bedenkt, dass so kleine Flügel niemals einen Körper dieses Umfangs vom Boden aufheben können. Sie wirft die nackte Kartoffel in das andere Spülbecken mit Wasser und reibt sich mit dem Handrücken über die Nase, weil sie einen Wasserspritzer ins Gesicht bekommen hat. Ich schüttle mich, als ich sehe, dass sie das Messer nicht hinlegt und damit ganz nah an ihre Augen kommt, obwohl ich weiß, dass Mama immer sehr geschickt mit ihren Messern umgeht. Das kommt durch den Club deutscher Messer. Bei jedem Treffen üben sie die letzte Viertelstunde Geschicklichkeit beim Schneiden. Jedes Mitglied hat sein eigenes Lieblingsset Kochmesser dabei. Bei Mama befindet sich das in so einer Rolltasche, die sie im Schrank über der Dunstabzugshaube aufhebt und nur zum Vorschein holt, wenn sich der Club trifft. Ich habe die Tasche mit den Messern noch nie von nahem gesehen, geschweige denn festgehalten. Für Mama sind diese Messer heilig und dann lasse ich sie lieber in Ruhe.

Außer den beiden Kochmessern sind in ihrer Rolltasche noch ein Filiermesser, ein Ausbeinmesser, ein Schnabelmesser und ein Wetzstahl zum Messerschleifen. Das wird einmal pro Jahr geübt, immer kurz vor Neujahr, weil die meisten Leute dann ein großes, zähes Tier in die Pfanne hauen.

»Weißt du, was so mies ist?«, sagt Mama. Plötzlich hat sie sich zu uns umgedreht. Obwohl sie längst fertig ist mit dem Fleisch, denke ich, sie wird sich jetzt über einen Fehler im Steak aufregen, über ein Stück Fett oder eine Sehne. Das verabscheut Mama. Fett und Sehnen unterbrechen das Schneiden und sind außerdem mörderisch für ihre Messer. Deutsch hin oder her.

Mama streicht sich müde eine Haarsträhne aus dem Gesicht, zeigt dann mit der Messerspitze auf Iene und sagt: »Dass ein Kind, das mich hier drinnen festhält, offensichtlich noch nicht genug ist.« Und bei *genug ist* wedelt sie mit dem Messer in der Luft rum. Sie sieht mich an, als wolle sie auch noch auf den Boden spucken, aber sie zuckt nur mit den Schultern, dreht sich wieder zur Anrichte und schüttelt langsam den Kopf. Sie holt ein paarmal tief Luft, aber sonst macht sie nichts. Sie hat ihr Messer auf die Spüle gelegt, um ihren gesamten Körper, der leicht vorgebeugt ist, als müsse sie sich übergeben, mit beiden Händen abzustützen.

Sag etwas, das sie wieder in Bewegung setzt, denke ich. Etwas, das die Küche kleiner macht. Im selben Moment greift Mama wieder nach dem Messer und holt damit aus.

Hakhakhakhak macht sie. Viel lauter als notwendig. Soweit ich sehen kann, liegt nicht mal was auf dem Schneidebrett.

Sie muss das Messer für den Club testen, denke ich mir. Hakhakhak.

Und dann tritt sie einen Schritt zurück, wirft es mit einem Knall ins Spülbecken und geht aus der Küche.

Iene kippt in ihrem Stuhl vornüber. Sie senkt den Nacken und drückt den Kopf gegen den Tisch, während sie einen tiefen, lang gezogenen Klagelaut aus ihrer Kehle jagt.

»Das meint sie nicht so«, sage ich, für den Fall, dass sie doch etwas versteht.

Dann höre ich die Tür ins Schloss fallen.

Ist sie weggelaufen?, frage ich mich. Aber dann denke ich, dass es Süleyman sein könnte, und nehme mir vor, ihm einen Tritt vor den Kopf zu verpassen. Aber ehe ich diesen Gedanken zu Ende gebracht habe, denke ich an Harry. Am liebsten würde ich mir vorstellen, ihm einen Tritt zu verpassen, aber weil alles ruhig bleibt, weiß ich sofort, dass er es nicht ist.

3 Vielleicht hat sie den Pimmel ganz leerbluten lassen

Wenn wir im Heizungskeller von Zikkurat sitzen, reden Süleyman und ich Unsinn.

Meistens ist das unser letzter Stopp, wenn wir rumlaufen. Dann setzen wir uns zwischen der Heizungsanlage und dem Abfallcontainer mit der Nummer 1102–1110 einander gegenüber und sagen abwechselnd etwas völlig Blödsinniges.

Süleyman ist dran.

»Gestern habe ich einen Film gesehen, in dem einem Mann der Pimmel abgeschnitten wurde«, sagt er.

»Oh ja?«, antworte ich, weil wir erst immer so tun, als wäre es ein ernstes Gespräch, das außerdem wirklich wahr ist.

»Wirklich«, sagt Süleyman. »Die Frau war so verliebt in ihren Mann, dass sie die ganze Zeit mit ihm rummachen wollte. Ich meine echt rummachen«, sagt er. »Sex!«

»Oh«, mache ich und denke: Dachtest du wirklich, ich glaube, du würdest mit rummachen küssen meinen, wenn du erst von einem Pimmel erzählst?

»Und als er nicht mehr so oft wollte, hat sie ihm das Teil abgeschnitten, so dass sie es für immer bei sich haben konnte. Sie rollte es in ein Taschentuch und steckte es einfach in die Tasche.«

»Hat sie ihn nicht erst erstochen?«, frage ich.

Süleyman muss darüber lachen. »Nein, das nicht. Sie hat ihn erst mit ihrem BH erwürgt.« Er lässt die Zunge schräg aus dem Mund hängen und zieht auf Höhe seines Halses an zwei unsichtbaren Enden eines Stricks. Oder eines BHs in diesem Fall.

»Meine Mutter hätte ihn erst erstochen«, sage ich, während ich ihm fest in die Augen sehe.

Er lacht lächerlich laut über etwas, das nicht mal witzig gemeint war. Sein Kopf ist noch ganz rot von seinem erfundenen Strick.

»Mitten ins Herz würde sie stechen«, sage ich. So wie Süleyman sich gerade selbst erwürgt hat, steche ich mir ein unsichtbares Messer in die Brust.

Er sieht mich erst ein wenig dumm an. Sein Blick springt ein paarmal zwischen meinem Gesicht und meiner Brust hin und her, als würde das Messer wirklich darin stecken. Es sieht aus, als würde Süley sich fragen, wann ich es wieder rausziehe. Dann zuckt er die Achseln und murmelt, die Frau hätte den Mann ganz normal erwürgt.

»Auf welchem Sender war das?«, frage ich.

»CBS«, sagt er.

Dass dein Vater dir erlaubt, dir so was anzusehen, will ich sagen, aber dann fällt mir ein, dass wir im Keller zwischen der Heizungsanlage und dem Container sitzen, wo wir immer nur Unsinn erzählen.

»Drei Tage später wurde sie verhaftet«, sagt Süleyman. »Die ganze Zeit ist sie mit dem Teil in der Tasche rumgelaufen.«

»Dann hatte sie doch sicher einen großen Blutfleck in der Hosentasche, dort, wo der Pimmel war?«

»Weiß ich nicht! Das haben sie nicht gezeigt. Da war so eine Stimme am Ende, die das erzählt hat, über die Verhaftung und so.«

»Vielleicht hat sie den Pimmel ja ganz leerbluten lassen, bevor sie ihn mitnahm.«

»Könnte schon sein.«

»Haben sie das nicht gezeigt?«

»Nein.«

»Und gesagt?«

»Nein.«

Plötzlich rümpft Süleyman die Nase und schnüffelt wie ein Hamster. »Es stinkt hier«, sagt er.

Ich ahme das Schnüffeln nach, aber ich rieche nichts. Was keine Frischluftgarantie ist, denn von allen Sinnesorganen schneidet meine Nase am schlechtesten ab.

»Mann, was für ein Gestank hier plötzlich ist«, sagt Süleyman.

»Das sind die Container«, sage ich.

»Da ist bestimmt eine Leiche drin.« Er zeigt auf den Container, an dem ich lehne. Die Nummer 1102 – 1110, in dem der Abfall der Wohnungen zwei bis zehn der elften Etage liegt.

»Vielleicht liegt mein Vater ja darin«, sage ich. Eher zu mir selbst.

»Könnte das sein?«, fragt Süleyman mit dem Ernst, der den Anfang eines Unsinngesprächs im Heizungskeller kennzeichnet.

In Gedanken ziehe ich an den Enden eines Stricks um seinen Hals, bis Süleyman wirklich erstickt.

Als ich in die Küche komme, hockt Mama neben Iene. Sie schneidet ihr die Zehennägel. Ienes Nägel wachsen schneller als Turboblumen. Wenn es die gäbe.

Harry ist nirgends zu sehen. Das nervt mich auch so: Mal ist er da, mal wieder nicht. In Harrys Kommen und Gehen lässt sich absolut keine Regelmäßigkeit erkennen. Noch mehr nervt mich, ihn dadurch irgendwie immer zu suchen und Zeit in ihn zu investieren. Das wäre nicht nötig, wenn er immer da wäre, verstehst du? Und wenn er immer weg wäre, würde ich ihn ganz bestimmt nicht suchen.

Aber gut, meine Mutter hockt also vor Ienes Stuhl. In einer Hand hält sie einen Fuß und in der anderen eine Nagelschere. Die Schere ist eine Wüsthof Sharp Standard und gehört auch zum besten Messerset meiner Mama. Der Fuß gehört meiner Schwester.

»Aua!«, ruft Mama. Sie presst den Handrücken der Hand, in der sich die Schere befindet, gegen ihr Auge. Lieber legt sie ungemein risikovolles Verhalten an den Tag, als Ienes Fuß loszulassen, und das verstehe ich gut, denn die Chance ist groß, ihn dann nie mehr zu erwischen. Mama murmelt einen Fluch. Mir ist klar, dass ein Stück Zehennagel in ihrem Auge gelandet ist.

»Die Dinger springen immer so herum«, sagt sie.

Iene hängt schlapp in ihrem Stuhl, ein wenig, als würde sie von ihm verschlungen. Ihre Hände hängen wie Pflanzen über die Lehnen. Sie sieht mich an. Seltsam, finde ich. Als würde sie wirklich verschlungen, aber eher vom Treibsand, und als wüsste sie, wie mucksmäuschenstill man dann bleiben muss, denn wenn man rumzappelt, sackt man ganz weg. Hilfehilfe, rufen ihre Augen. Ich gebe ihr einen Kuss in der Nähe ihres rechten Ohrs.

Währenddessen greift Mama nach der Ferse ihres anderen Fußes. Mit einem Finger drückt sie Ienes kleinen Zeh hoch.

»Warte«, sage ich.

Ich knie mich neben Mama und halte die Hand unter Ienes Zehen.

Mama schneidet. Ein Stück Nagel fällt in meine Hand. Ich halte die Hand wie ein Schälchen. Das machen wir noch vier Mal. Dann kitzeln wir Iene ein wenig, bis Mama findet, dass es jetzt reicht und sich an den Küchentisch setzt. Ich setze mich ihr gegenüber, weil ich an so ziemlich allem spüre, dass sie das möchte. Sie faltet die Hände und seufzt.

»Sorry«, sagt sie.

»Wofür?«

»Für heute Nachmittag.«

Ich nicke.

»Wo warst du?«

»Süley.«

»Was hatte er zu erzählen?«

»Unsinn.«

Mama muss darüber lachen.

»Er hat von einem Film erzählt, den er gesehen hatte. Eine Frau hatte ihrem Mann den Pimmel abgeschnitten, weil sie ihn so liebte.«

»Das ist auch eine Methode«, sagt Mama lächelnd. »Hattest du etwas zu erzählen?«

»Wenn Süley redet, sind alle Wörter verbraucht«, sage ich.

Und wieder lacht Mama.

»Ich hab gefragt, ob sie ihn erst erstochen hat«, sage ich nach einer Weile.

»Und, hatte sie das?«, fragt Mama.

Es ist, als würde ich jetzt mit ihr im Heizungskeller sitzen. Und mir fällt ein, dass Süleyman vielleicht Luft für mich wäre, wenn Mama mehr Zeit hätte, was mit mir zu unternehmen.

»Nein, sie hatte ihn mit ihrem BH erwürgt«, sage ich. Und ich mache, was Süleyman mit dem Fantasiestrick gemacht hat. Mama macht es auch, aber es sieht überhaupt nicht echt aus.

»Hast du Papa aus Liebe umgebracht?«, frage ich.

Ich sehe Mama mühsam schlucken, als hätte sie die Schlinge noch um den Hals.

»Sei nicht albern«, sagt sie. Sie schaut schnell zu Iene, aber die wird immer noch von ihrem Stuhl verschlungen.

»Mensch, Mama.«

»Was, Mensch, Mama?«

»Alle wissen es.«

»Ach ja?« Mama greift in ihr Haar, als wollte sie sich davon überzeugen, dass es noch da ist.

»Du hast zu viel Fantasie, Jef.« Sie kneift mir in die Wange, als wollte sie sagen, dass die sich dort befindet.

»Wie war das, Mama? Schliefen wir und griff er dich mit seinen Riesenpranken an? Und du konntest noch gerade eben nach einem Messer greifen und ihn ins Herz stechen? War es so?«

»Ganz genau so«, sagt Mama. Sie blickt müde auf ihre Hände auf dem Tisch. Sie gähnt. »Wir gehen schlafen, Jef.« Sie will aufstehen, aber ich lege meine Hand auf ihr Handgelenk und halte mein Gesicht nah an ihres.

»Und dann, Mama?«

Sie seufzt und sieht mich an, den Mund eher schief verzogen als lächelnd. Meine Augen flehen, das sehe ich daran, wie Mama aus dem schiefen Lächeln ein echtes Lächeln macht und dabei sanft den Kopf schüttelt. Dann schlägt sie mit der flachen Hand auf den Tisch und sagt: »Los, schlafen.«

»Ma-ma«, quengle ich.

»Ich habe es dir schon zwanzig Mal erzählt«, sagt sie matt.

Ich antworte nicht, weil ich weiß, dass es wahr ist, und weil ich weiß, dass sie es doch noch ein Mal erzählen wird.

»Dann griff ich nach dem allergrößten Messer im Haus, es war eher ein Hackbeil. Und dann schnitt ich ihn in Stücke und verteilte ihn auf ein paar Kartoffelsäcke.« Mamas Gesicht sagt: »Hast du jetzt endlich deinen Willen?« Denn so hat sie es noch nie erzählt.

Mein Herz schlägt wie wild bei dem Gedanken, dass bestimmt niemand so eine grausame Mutter hat.

»Wo hast du ihn begraben?«, mache ich weiter. Obwohl mir inzwischen klar ist, dass es wenig bringt, aber man weiß ja nie.

»Das sage ich dir nicht, Jef.« Ihre niedergeschlagenen Augen zeigen mir, dass ich das nicht hätte fragen sollen. Sie steht auf und stellt sich an die Spüle. Ich kann an ihren Bewegungen sehen, dass sie aus dem Spiel ausgestiegen ist. Denn das Ganze ist ein Spiel.

»Du sollst nicht immer so graben, Jef«, sagt sie, ohne sich zu mir umzudrehen.

Mit ›graben‹ meint Mama ›fragen‹, aber jedes Mal verhaspelt sie die Buchstaben.

4 Klumpfuß / Ich tue mein Bestes, Brüste zu sehen, aber klar und deutlich vorstellen kann ich mir bloß einen Schuh mit dicker Sohle

Als ich aufstehe, sitzt Süleyman bei uns in der Küche.

»Hallo, Schlafmütze«, sagt er.

»Hallo, Blasenentzündung«, sage ich. Und ehe ich mich so richtig fragen kann, warum er so früh schon bei uns in der Küche sitzt, ohne dass ich davon weiß, wird meine Aufmerksamkeit von Mama abgelenkt, was sage ich, aufgesaugt, die am Telefon hängt, hektisch redet und sich Notizen macht, aber vor allem von Harry, der mit umgebundener Schürze am Herd steht und verdammt noch mal Eier brät, während Iene in ihrem Stuhl sitzt, unbeweglich wie ein Stillleben. Als hätte ich ein paar Jahre geschlafen und wäre dann in meiner Zukunft aufgewacht. Vielleicht wohnt Süleyman inzwischen bei uns, und vielleicht ist Iene so wie alle und sitzt nur deshalb im Rollstuhl, weil wir ihn nun mal haben und sie sich eben ab und zu da reinsetzt, aus Gewohnheit und um ein wenig rumzualbern.

Neben Mama auf dem Tisch liegt eine Liste, von der sie Namen abliest. Sie starrt nach draußen, während sie der Stimme am anderen Ende der Leitung zuhört und ab und zu ein Kreuz auf die Liste macht oder etwas unterstreicht. Sie nennt eine Zahl, sagt dann etwas über Duschen und Tischtennisplatten und Jacuzzi und seufzt.

Süleyman sitzt einfältig da und starrt auf ihren Mund, denn natürlich hat der Junge dieses Wort noch nie gehört und denkt jetzt, ein Jacuzzi wäre eine Waffe.

Mama verdreht die Augen, Süleyman macht es nach.

Club deutscher Messer, denke ich mir. Und Solingen. Mama ist in den nächsten Tagen und Wochen wieder mit ihrer Dolchgruppe beschäftigt.

Ich erkläre das mal eben: Mama ist noch nie mitgefahren nach Solingen.

Das geht nicht wegen Iene.

Aber sie bereitet immer alles tipptopp vor. Sie organisiert einen Bus und wo der unterwegs Pinkelpause machen muss und das Hotel. Sie sorgt für eine Fabrik, die extra für ihren Club eine Führung macht, und für Mittagessen und Kaffee. Als Dank hat der Clubvorstand letztes Mal Geld gesammelt und in der Fabrik von Wüsthof Mamas Messerset gekauft. Das große Kochmesser mit der sechsundzwanzig Zentimeter langen Klinge ist ein Grand Prix 2, das Messer aller Messer.

Mama hat sich total darüber gefreut, weil sie früher nämlich mal Köchin werden wollte. Oder Altenpflegerin. Als sie jung war, hat sie viel in Restaurants gearbeitet und gut hingeschaut. Sie hat auch ein paar Jahre Abendunterricht gehabt, aber damit hat sie wieder aufgehört. Sie erzählt wenig darüber, aber ich vermute mal, dass Iene damals kam.

Ich finde es nicht schlimm, dass Mama keine Meisterköchin geworden ist, denn Meisterköche sind selten zu Hause. Sie haben ein großes Restaurant und arbeiten immer abends. Jetzt ist Mama den ganzen Tag zu Hause und unsere persönliche Meisterköchin in der Küche. Ich schaue ihr gern zu, wenn sie kocht. Sie summt fast immer und wenn sie nicht summt, hat sie ein Lächeln auf den Lippen, als würde sie an etwas Schönes denken. Vielleicht gefällt es ihr ganz gut, dass sie so lecker kochen und gleichzeitig für Iene sorgen kann. Als wären doch noch beide Träume wahr geworden, weißt du. Kochen und Menschen pflegen. Bloß ist Iene natürlich nicht alt, aber manchmal erinnert sie mich schon an Menschen, die so alt sind, dass sie nicht mehr wissen, was sie tun. Im Fernsehen habe ich mal eine Sendung darüber gesehen. Sie handelte von einem Seniorenheim, in dem alte Menschen in Rollstühlen saßen und die Zunge aus dem Mund hängen ließen. Vor dem Essen wurde ihnen ein Lätzchen umgebunden und sie konnten nicht allein zum Klo. Sie zeigten eine alte Frau, die genau wie Iene diese Lappen um die Hände trug. Sie kratzte sich die ganze Zeit im Gesicht. Einmal steckte sie sich eine Bohne so tief in die Nase, dass sie in einer OP entfernt werden musste. Die Bohne, meine ich. Die Geschichte hätte glatt von Süleyman sein können, aber sie ist wirklich passiert. Dann dachte ich: Vielleicht ist es bei Iene genau umgekehrt. Je älter Iene wird, desto besser wird es ihr gehen. Ich meine, es ist doch ungerecht, dass die Frau nur in den letzten Jahren ihres Lebens diese ekligen Dinger um die Hände gewickelt bekommt und Iene von Anfang bis Ende?

Manchmal reden Süleyman und ich über solche Sachen. Über die Ungerechtigkeit in der Welt. Warum wohnt er im elften Stock, wo die Wohnungen winzige Zimmer haben, obwohl seine Familie drei Mal so groß ist wie die Familien auf der ersten Etage mit den Riesenwohnungen?

Süleyman und ich sitzen auf der Treppe in der vierten Etage, als Klumpfuß vorbeikommt. Eigentlich heißt sie Mariewivine, aber alle nennen sie Klumpfuß, weil sie an ihrem linken Fuß so einen Schuh mit dicker Sohle hat, und wer um Himmels willen heißt schon Mariewivine?

Mit dicker Sohle meine ich eine richtig dicke Sohle. Etwa fünfzehn Zentimeter dick, aber wenn du Klumpfuß gehen siehst, denkst du eher fast so fünfzig Zentimeter. Wenn sie den linken Fuß aufsetzt, sieht es aus, als würde die linke Seite ihres Körpers gleich wie ein Kartenhaus einstürzen. Hinzu kommt noch, dass es aussieht, als würde sie von einem großen Hund gezogen. Ich meine, wenn Klumpfuß vorbeigeht, gibt's wirklich was zu sehen.

Süleyman und ich sagen nie was, wenn wir sie sehen. Auch nicht im Nachhinein. Klumpfuß ist einfach jemand, den wir uns nur ansehen oder über den wir höchstens was denken. Heute aber schaut Süleyman mich ganz kurz an, als Klumpfuß verschwunden ist. Weil er das vielleicht zum allerersten Mal tut, weiß ich mir mit seinem Blick keinen Rat, und gerade deswegen fühlt es sich so an, als müsste ich etwas sagen.

»Erbärmlich, was?«, sage ich.

Süleyman hebt die Schultern. »Findest du?«

Ich mache das mit den Schultern nach.

»Ich würde nicht gern mit so einem Fuß über den Gang laufen«, sagt er. »Tapfer!«

»Du kannst wohl kaum die ganze Zeit drinnen bleiben«, sage ich. Und ich denke: So tapfer ist es also gar nicht. Es muss eben einfach sein.

»Manche würden das machen«, sagt Süleyman. »Weil sie sich dafür schämen würden.«

»Würdest du dich schämen?«, frage ich.

»Weiß ich nicht.«

»Doch«, sage ich. »Du würdest dich mit so einer Bügeleisen-Pfote kaputtschämen.«

Süleyman muss darüber lachen, obwohl ich es überhaupt nicht witzig gemeint habe. Das ist noch so etwas Unausstehliches an ihm. Süleyman weiß nie, ob etwas ernst gemeint ist oder nicht.

Er sieht mir an, dass ich das unausstehlich finde, und schließt den Mund, um den Rest seines Lachens drinnen zu behalten. Er presst die Lippen übertrieben zusammen. Wie kindisch ich ihn plötzlich finde.

»Glotz nicht so doof«, sage ich.

»Ich glotze nicht doof. Ich hab nur die Luft angehalten.«

»Solltest du unbedingt weiterhin machen!«, sage ich.

»Was ist los mit dir?«, fragt er verärgert.

Das finde ich so nervig. Wer sollte hier verärgert sein? Er ist derjenige, der sich mit so einem Fuß wirklich schämen würde und es nicht einfach zugibt. Er ist derjenige, der doof glotzt und aufhört zu atmen. Und er fragt mich, was mit mir los ist!

»Ich müsste mich für dich schämen«, sage ich.

Süleyman schaut mich aufreizend lange an, ohne eine Miene zu verziehen.

»Wirklich«, sage ich.

»Warum?«

»Eben darum«, sage ich, weil ich ihm nun auch nicht wehtun möchte. Und meistens reicht Süleyman eine Antwort wie eben darum, keine Ahnung oder so ähnlich.

»Sie hat immerhin einen tollen Busen«, sagt er plötzlich.

Wir schweigen, als wäre gerade das der Grund, warum wir immer schweigen, wenn wir Klumpfuß sehen.

Es stimmt nämlich. Klumpfuß hat einen tollen Busen. Nicht, dass wir sie mal nackt gesehen hätten oder so, aber man sieht es auch unter ihren Kleidern. Man würde es schon sehen, wenn nur ihr Kopf durch den Gang rollen würde.

»Der macht das mit ihrem Fuß ein wenig wett«, sagt Süleyman.

Ich wiederhole diesen Satz still für mich und nicke. Nicht, dass ich ihn nicht begriffen hätte, aber indem ich ihn wiederhole, sehe ich ihn vor mir. Ich meine, deutlicher.

»Manchmal fantasiere ich davon«, sagt Süleyman.

»Wovon?«

»Ihren Titten.«

Ich höre mich das Wort wiederholen und – für meine Verhältnisse – ziemlich gestört lachen. Ich räuspere mich und sage: »Was fantasierst du denn?«

»Halt ganz normal.«

Natürlich bin ich nicht Süleyman und mir reicht diese Antwort nicht. Normal, denke ich. Was ist schon normal an Klumpfuß' Brüsten in Süleys Fantasie?

»Du siehst sie einfach?«, frage ich.

»Yep.«

»Was bringt das denn?«

Süleyman grinst. »Einen Steifen«, sagt er.

»Dass ich nicht lache«, sage ich mit tiefer Stimme. »Von zwei Brüsten, die nix machen und von denen du nicht mal weißt, wie sie aussehen?«

»Na ja, das passiert bei mir recht schnell, glaube ich«, sagt Süleyman.

Zum ersten Mal in meinem Leben sehe ich ihn rot werden.

»Das kommt, weil ich Türke bin«, sagt er.

»Wirklich?«

»Nein, aber mir fällt nichts anderes ein.«

Wir sagen eine Weile nichts. Was nicht seltsam ist nach so viel Süleyman-Unsinn. Ich kann nur an Klumpfuß denken. Ich tue mein Bestes, Brüste zu sehen, aber das Einzige, was ich mir klar und deutlich vorstellen kann, ist ein Schuh mit dicker Sohle. »Also, bei mir bewegen sie nichts«, sage ich schließlich.

»Die Geschmäcker sind verschieden«, sagt Süleyman. »Ich verstehe zum Beispiel nicht, was deine Ma an diesem Harry findet.«

Ich bekomme einen Schrecken. Ich wusste nicht, dass Süleyman etwas über Harry denkt. Nicht einmal, dass Süleyman überhaupt denkt, weißt du.

»Wie meinst du?«

»Nun ja …« Ich sehe ihn nachdenken. »Deine Mutter ist …«

»Was?«

»Schön.«

Ich fasse mir ans Herz. »Du stehst auf meine Mutter oder was?«

»Nein!«

»Doch!«

»Echt nicht«, jammert Süleyman. Wenn seine Augen Hände wären, hätte er mich schon eine ganze Ecke weit weggeschoben.

»Hör zu, Junge«, sage ich, »nicht, dass du mein Freund wärst oder so, aber dennoch möchte ich dich darauf hinweisen, dass man nicht auf die Mütter seiner Freunde steht.«

»It's a deal.« Er zieht ein Gesicht, als würde der Mensch vom Warzenschwein abstammen und als könne man das vor allem an meiner Mutter noch deutlich sehen. Aber das ist mir lieber als wenn es so aussähe, als hätte er ernsthaft eine Schwäche für sie.

»Auf die Schwestern seiner Freunde«, sage ich. »Auf die soll man geilen. Verstanden?«

»Verstanden.« Er schaut weg von mir und murmelt: »Ich steh ganz bestimmt nicht auf deine Ma!«

»Das kann ich dir auch nur raten! Ich brech dir das Genick!«

Süleyman geht nicht darauf ein. Damit kann er mich manchmal ziemlich auf die Palme bringen. Normalerweise quasselt er sich den Mund fusselig, aber wenn man so was zu ihm sagt, hält er den Schnabel. Als fände er es in Ordnung, wenn ich ihm das Genick brechen würde. Außerdem glaubt er es natürlich nicht.

»Ich würde dir eine langen, weißt du!« Ich gebe ihm schon mal einen Klaps gegen die Schulter.

»Hör mal, Jef«, sagt er. »Ich stehe nicht auf deine Mutter, okay?« Bei *nicht* reibt er den Klaps von seiner Jacke und nickt, womit er einen Punkt hinter seinen Satz macht.

Wir schweigen eine Weile. Wegen des Punktes.

»Auch nicht auf meine Schwester?«, frage ich.

»Mann!« Jetzt schaut er wirklich genervt, aber das regt mich nur noch mehr auf.

»Was?«

»Tu doch nicht so …« Er sucht ein Wort.

Ich tippe ihm auf die Schulter.

»Krank!«, sagt er.

»Was ist daran krank?«, frage ich. Und das meine ich wirklich. »Du fantasierst doch auch über Klumpfuß?«

»Ja und?«, piepst Süleyman.

»Die ist doch auch nicht …«

»Was?«

»Normal.«

Süleyman guckt mich an, als hätte ich etwas völlig Irrsinniges gesagt, und ich sehe weg, weil er Recht hat, aber nicht an meinem Gesicht zu sehen braucht, dass ich das selbst auch weiß.

»Das ist anders«, sagt er.

»Wie, anders?«

»Lass nur.«

»Nein, sag mir, was anders daran ist.«

Süleyman bläst Luft durch seine Nase. »Himmel«, sagt er. »Ich fantasiere nicht von Klumpfuß, sondern von ihren Brüsten.«

»Nur ihren Brüsten?«

Er nickt.

»Den Rest denkst du dir weg?«

Er nickt.

»Ihren Fuß?«

»Alles.«

»Du siehst also nur ihre Brüste vor dir?«

»Stimmt.«

Wir schweigen eine Weile.

»Woher weißt du dann, dass es ihre sind?«

»Das weiß ich eben.«

»Nicht wahr!«

Süleyman zuckt mit den Schultern. »Okay, dann eben nicht.«

»Dann können es genauso gut die von Suza Moen sein?«, frage ich.

Jetzt sieht er mich an und lächelt. Immer breiter.

»Was?«

Er lacht. »Oder die von deiner Mutter natürlich!«, ruft er. Und dann rennt er ganz schnell weg.

An diesem Abend kann ich nicht einschlafen. Dabei gebe ich mir richtig Mühe, denn ich will schlafen. Eigentlich will ich von Brüsten träumen, egal, wem sie gehören. Aber es klappt nicht und was das Schlimmste ist: Das liegt an einem Satz, der aus Süleymans dreckigem Maul kommt.

Der macht das mit ihrem Fuß ein wenig wett.

Süleyman findet, dass Klumpfuß' großartiger Busen einen vergessen lässt, dass sie sich durch den Gang bewegt wie ein Affe, der Breakdance macht.

Ich beschließe, in Ienes Zimmer zu gehen. Das mache ich öfter mal. Einfach um zu schauen, ob alles in Ordnung ist. Iene schläft in einer Art Gitterbett, wie für Kleinkinder, nur eben größer. Jede Nacht schauen wir nach, ob ihre Arme nicht zwischen zwei Stäben eingeklemmt sind. Eigentlich ziemlich blöd, denn wenn das so wäre, würden wir es hören. Es ist ihr ein Mal passiert, und da schrie sie ganz Zikkurat zusammen. Niemand kam herbeigerannt, das nicht, aber ich meine, es war wirklich höllisch laut.

Harry schlug mal vor, das Bett mit Maschendraht zu umspannen wie einen Hühnerstall. Dann brauchten wir nicht mehr jede Nacht raus. Als würde es Mama und mir was ausmachen. Uns beiden ist auch klar, dass wir umsonst aufstehen, aber es ist oft noch sehr gemütlich an Ienes Bett. Manchmal flüstern wir noch ein wenig miteinander, Mama und ich. Dinge, die wir tagsüber aus irgendeinem Grund nicht laut sagen können. Aber das kapiert Harry natürlich nicht.

Ich sagte, dass Iene sich an dem Draht schneiden würde. Dass es die dümmste Idee war, die ich je aus einem Menschenmund gehört hätte. Das sagte ich nicht ihm, sondern Mama. Nicht, dass ich Angst vor ihm hätte, aber ich habe mir vorgenommen, nur im absoluten Notfall etwas zu Harry zu sagen. Ich meine: wirklich nur im allergrößten Notfall. Wenn alle Polarkappen geschmolzen sind und er uns als Einziger ein Boot besorgen kann oder so etwas.

Außerdem ist meine Schwester kein Huhn.

Iene liegt auf dem Bauch. Die Hände hält sie unter dem Kinn und sie sabbert. Das macht Iene immer. Wenn sie wach ist, aber vor allem, wenn sie schläft. Mama wischt die Spucke dann mit ihrer Hand ab. Ich meine, mit ihrer nackten Hand, und die wischt sie an den hinteren Hosentaschen ab. Mama hat immer schmutzige Hosentaschen.

Ich mache es so: Ich nehme einen Zipfel von Ienes Bettlaken und wische die Spucke damit ab. Das mache ich jetzt auch. Ich wische ihre Nase, ihre Mundwinkel und ihre Wangen sauber. »So«, flüstere ich.

Dann stecke ich den Zipfel wieder unter die Matratze und schlage die Decke zurück, bis zur Unterseite ihres Rückens. Ein paar Sekunden lasse ich es so und sehe mir ihren Rücken an. Mein Herz klopft so laut, dass es von außen zu hören sein muss. Iene hat ein Garfield-Nachthemd an. Bzzz macht er.

Dann ziehe ich die Decke ganz von ihr. Bis zu ihren Knöcheln.

Meine Augen gleiten über ihren Rücken, über die Wölbung ihres Hinterns. Auch auf ihrer Unterhose prangt Garfield. Er stochert mit den Krallen zwischen seinen Zähnen rum. Eine Sekunde flitzt mir der Gedanke durch den Kopf, dass man auf der Vorderseite der Unterhose vielleicht sehen kann, was genau er gegessen hat. Als wenn ich allein schon durch diesen Gedanken erwischt worden wäre, schaue ich blitzschnell zu ihren Waden. Ich lege ihre Füße frei. Iene hat normale Füße. Ziemlich krumme Zehen, aber insgesamt doch normal. Ich kann es nicht lassen, kurz unter ihren linken Fuß zu fassen, obwohl ich weiß, dass sie davon vielleicht aufwacht. Ienes Füße sind weicher als zum Beispiel meine, weil sie noch nie darauf gelaufen ist.

Auf ihren Fußgelenken wachsen schwarze Härchen. Die Mädchen in meiner Klasse entfernen die bei sich und machen da dann jede Menge Wirbel drum. Wenn sie kurz mal kein Gesprächsthema haben, vergleichen sie ihre Beine und Enthaarungsmittel. Die eine benutzt Wachs. Die andere hat einen Ladyshaver und die Dritte nimmt Enthaarungscreme. Immer endet das Gespräch damit, wer dabei am meisten gelitten hat, und aus irgendeinem Grund ist die dann die Siegerin.

»Iene«, flüstere ich. Aber sie reagiert nicht. Iene schläft wie eine ganze Murmeltierkolonie.

»Iene.« Sie macht eine Vierteldrehung mit dem Kopf. Ich sehe, wie ihre Augen unter ihren Lidern zittern. Mein Herz schlägt so laut, dass ganz Zikkurat davon aufwachen müsste. Als würde ich wirklich etwas Widerliches tun. Dabei stehe ich nur ganz normal am Bett meiner schlafenden Schwester!

»Psst«, mache ich.

Lass mich doch schlafen, Jeffie, sagt sie, stelle ich mir vor. Ich weiß nicht, warum, aber in meiner Fantasie würde sie das sagen, Jeffie.

»Psst.« Ich streichle mit der Spitze meines Zeigefingers über ihre Wange. Sie schluckt hörbar und dreht sich dann auf den Rücken. Ihre Bewegungen sind wild. Das Bett wackelt. Es quietscht und knarrt. Eigentlich ist es ein schlechtes Bett. Mama hat es von dem Pflegedienst bekommen, bei dem sie Ienes superteuren Stuhl gekauft hat. Leute, deren Kind gestorben war, hatten es ausrangiert. Ich finde, Mama hätte das Bett niemals in unsere Wohnung holen dürfen, aber das hat sie doch gemacht, weil es fast umsonst war, und das verstehe ich schon, aber ich fand es nie eine gute Idee. Allein schon der Gedanke, dass ein Kind darin gestorben ist. Ob das

Kind wirklich in dem Bett gestorben ist, weiß ich nicht genau, aber es könnte sein, und es hat auf jeden Fall darin gelegen, verstehst du? Ich meine, wenn es Harry damals schon gegeben hätte, hier, du weißt schon, dann wäre es ganz bestimmt seine Idee gewesen.

Als Iene auf dem Rücken liegt, beugt sie ein Knie. Ihre Arme liegen gestreckt neben ihrem Körper. Man könnte meinen, sie wäre eine Dame, die entspannt in der Sonne liegt, mit so einem hochgezogenen Knie. Eigentlich hat Iene ein ganz normales Knie.

Ihr Nachthemd ist bis knapp unter ihren Bauch raufgerutscht. Ich kann ihre Unterhose sehen, und also auch, dass Garfield einen Hühnerschenkel gefuttert hat. Über einem riesigen Knochen steht im Halbkreis sein Name. Mein Blick huscht über ihren Bauch. Der ist ziemlich dick. Iene ist recht schwer für ihr Alter, weil sie den ganzen Tag sitzt. Bei der Reha machen sie allerlei Bewegungen mit ihr, aber die bringen nichts und ganz bestimmt nicht am Bauch.

Ich schaue kurz zu ihren Brüsten. Ich meine, ich ziehe nix rauf oder so, ich schaue nur zu der Stelle, an der die sein müssten. Aber es ist dort so gut wie flach. Ich sehe wohl etwas, ich meine, man sieht, dass sie kein Junge ist. Ich schaue auf ihr Kinn, ihren offenen Mund. Ienes Mund steht fast immer offen, und das ist nicht gut, sagen sie in der Reha, davon bekommt man schräge Zähne und der Gaumenbogen wächst schief. Außerdem sollte man als Mensch am besten durch die Nase atmen, denn die Nase erwärmt und reinigt die Luft. Der Mund nicht. Ab und zu, wenn wir daran denken, drücken Mama und ich ihren Mund zu. Nicht, dass es groß helfen würde, denn er klappt sofort wieder auf, aber die Reha sagt, es müsse sein.

Ich finde das irgendwie widersprüchlich. Ich würde so gern mal zu meiner Schwester sagen können, sie soll den Mund halten, verstehst du? Aber sie sagt keinen Ton und trotzdem drücke ich ihr den Mund zu.

Dann sehe ich mir ihre Augen an. Die stehen zu eng zusammen, finde ich. Ihre Nase passt noch so gerade eben dazwischen. Bei mir ist das nicht so. Bei Mama auch nicht. Also muss mein Vater ein Mann mit wenig Platz zwischen den Augen gewesen sein, denn das hat sie bestimmt von ihm. Und seine Augenbrauen, solche, die ineinander übergehen. Die hat Iene nämlich auch. Ihre Augenbrauen sind eigentlich eine einzige Augenbraue.

Menschen, deren Augenbrauen ineinander übergehen, habe ich mal gelesen, sind vom Teufel besessen.

Ich frage mich, was Iene sonst noch von Papa hat. Oder sieht sie vielleicht niemandem ähnlich? Gehören Augen, die zu eng zusammenstehen, und eine Augenbraue statt zweien zu Mädchen wie Iene?

Vielleicht gehört sie zu einem ganz eigenen Stamm mit sehr typischen Merkmalen. Wie die Massai. Das ist ein Volk, das durch Kenia und Tansania zieht. Sie sind sehr groß und haben einen kahlen Kopf, sogar die Frauen und Kinder. Sie tragen superviel Schmuck. Man würde sie einfach überall erkennen. Stell so einen Massai-Menschen zwischen die Zuschauer eines Rockkonzerts und alle würde ihn anschauen und sagen: Guck mal, ein Massai. Verstehst du?

Mamas Geschichte über einen Zauberer, der uns auf der Erde abgegeben hat, ist Blödsinn. Dann hätte Iene doch anders ausgesehen oder wenigstens ein wenig mehr wie ich? Dann hätte sie doch etwas gehabt, was all das andere wettmacht, so wie bei Klumpfuß?

Ich ziehe ihr Nachthemd herunter und reibe mit meiner bloßen Hand über ihr Kinn. Nicht, dass da Spucke war, aber es hätte sein können. Ihr Kinn ist trocken, aber trotzdem streife ich die Hand hinten an meiner Pyjamahose ab.

Danke, Jeffie, sagt sie.

Ich decke sie bis knapp unters Kinn zu. So sieht alles ganz normal aus. So sieht meine Schwester höchstens ein wenig wie vom Teufel besessen aus.

Als ich zurück zu meinem Zimmer gehe, knipst Mama das Licht an. Oder Harry. Das weiß man nie.

»Jef?« Es ist Mama. »Was machst du?«

Ich bleibe vor ihrem Zimmer stehen. Sie gähnt und fährt sich durch die Haare. Sie liegt allein im Bett. »Ich habe mir Iene angesehen«, sage ich.

»Waren ihre Arme …«

»Nein, ich habe mir sie einfach nur angesehen«, sage ich genervt. Ich kann es nicht ertragen, dass man sich jemanden nur ansehen darf, wenn etwas passiert ist.

»Oh.« Ich sehe Mama an, dass sie nicht so recht weiß, was sie darauf antworten soll. Und ich denke: Jetzt knipst sie das Licht wieder aus.

»Ihre Arme waren okay«, sage ich.

»Dann ist es gut«, nickt Mama. Sie sagt einen Moment lang nichts. Ich sehe, dass sie nachdenkt. Sie fährt sich noch mal durch die Haare. »Komm mal her«, sagt sie. Sie legt die Hand auf die Stelle, wo ich mich hinsetzen soll.

So schnell ich nur kann, setze ich mich hin, in der Hoffnung, dass ihre Hand noch immer dort liegt. Das habe ich als Kind ganz oft gemacht. Wenn Mama zeigte, wo ich mich hinsetzen sollte, und das macht sie wirklich immer, auch wenn nur ein einziger Stuhl im Raum steht, setzte ich mich blitzschnell hin, noch ehe sie die Hand weggezogen hatte.

Jetzt mache ich das auch, und es klappt, denn es klappt eigentlich immer.

»Ich zähle bis fünf«, sagt Mama. »Wenn du dann nicht von meiner Hand runter bist, kneife ich dir in den Hintern.«

»Dann lasse ich einfach einen dicken Furz«, sage ich und mache mit dem Mund einen nach. Mama kneift sofort zu, viel zu fest.

»Das ist gemein!«, rufe ich.

»Psst«, macht Mama. »Iene.« Daraufhin sind wir beide still, mit den Händen und den Gedanken. Ich lege mich neben sie. Sie liegt auf der Seite. Ich rutsche hin und her, bis wir ganz nah beieinander liegen. Ich in ihrem Schoß. Mama stützt ihr Kinn auf meinen Kopf und legt die Arme um mich. Manchmal muss ich das selbst machen. Dann bewegt sie sich nicht mit, so dass es nur ganz schwer geht. Sie macht einen Summton, bis ihr Arm liegt, wo er hingehört, und ich Tschick oder Tschack sage.

Erst liegen wir eine Weile und sagen nichts, als würden wir wirklich auf den Schlaf warten, aber das ist nicht so, denn wir reden immer über die Schule oder Süleyman oder über den Mord an Papa oder einfach über Iene. Nie über Harry. Obwohl das Bett nach ihm riecht.

Jetzt kommt es mir vor, als würden wir länger als sonst nichts sagen. Mama zuckt ab und zu ein wenig, als würde sie schon schlafen und im Traum irgendwo runterfallen.

»Wird sie je gesund werden?«, frage ich.

»Hm?«

»Iene.«

»Ach, Jef.« Mama zieht mich an sich, obwohl ich eigentlich nicht näher bei ihr liegen kann.

»Nein, oder?«

»Nein.« Ihr Kinn presst sich fester an meinen Kopf. Als würde sie mir wirklich wehtun wollen, damit ich was darüber sage, aber ich halte durch.

»Der Zauberer war ein Stümper«, sage ich.

»Jef …«

»Ein Möchtegern-Zauberer!«

»Er muss sich einfach irgendwo vertan haben«, sagt Mama. Ich spüre ihr Lächeln, aber ich mache nicht mit, weil ich ihr witziges Gehabe plötzlich nicht mehr will. Sie sagt, man kann erst ernsthaft mit einer Sache umgehen, wenn man auch Witze darüber machen kann. So ein Unsinn.

»Er hätte ihr doch noch etwas geben können?«

»Wie, etwas geben können?« Mama drückt ihr Kinn noch mal kräftig auf, in der Hoffnung, das Thema so beenden zu können.

»Na ja, eben irgendetwas.« Ich zucke mit den Schultern, weil mir auch nicht gleich einfällt, was es sein könnte.

»Er hat ihr auf jeden Fall einen wunderbaren Bruder gegeben.« Statt ihres Kinns spüre ich jetzt ihren Mund auf meinem Kopf, aber ganz sanft. Ein Kuss.

»Etwas, das sie selbst hat oder kann«, murmle ich. Dass sie einen wunderbaren Bruder hat, weiß ich ja auch.

Mama lockert ihren Griff. »Aber was denn, Jef?«

»Einen Busen.« Es ist, als würde die Luftzufuhr zu meinem Körper kurz ausgeschaltet, und nur das hindert mich daran wegzurennen. Aus der Wohnung, über den Gang. Zu Süleyman, weil ich ihm einen Stoß in die Rippen geben will, weil es seine Schuld ist. Bis heute war Iene eben meine ein wenig seltsame Schwester. Ohne Körper. Und ganz bestimmt ohne Busen!

Mama fängt an zu lachen. »Was sagst du da, Jef? Einen Busen?«

Ich beiße mir fest auf die Unterlippe. Am liebsten würde ich beißen, bis es blutet. Mama würde das Licht anmachen, Ienes Busen Ienes Busen sein lassen und sich meine Lippe ansehen. Vielleicht würden wir dann noch was über den Fleck unter dem Couchtischbein sagen und schließlich über Papa.

»Was meinst du?«, fragt Mama.

»Süley fing damit an.« Meine Lippe sticht.

»Mit Ienes Busen?« Es klingt, als fände Mama es wirklich amüsant.

Ich nicke und sehe Iene vor mir. Sie hat kaum einen und darum klingt es so seltsam aus Mamas Mund.

»Eigentlich ging es um Klumpfuß«, sage ich.

»Mariewivine Staas?«

»Ja, Mariewivine Staas, aber wir nennen sie so, weil sie so einen Fuß hat, du weißt schon.«

»Weiß ich.«

»Mariewivine … na ja, Klumpfuß hat …«

Mama lacht. »Einen Busen?«

»Ja, einen Busen«, sage ich. »Einen schönen.« Aber sofort tut es mir leid, denn es war Süley, der das fand.

»Spannst du mit Süley nach Mariewivines Busen?«, fragt Mama. Sie setzt sich auf, zieht an der Schnur über dem Kopfende des Bettes, so dass das große Licht angeht, und fasst nach meinem Kinn. Sie dreht mein Gesicht so, dass sie mir in die Augen schauen kann. Oder um mir zu zeigen, wie breit sie jetzt aber lachen muss. »Jef!«, piepst sie. »Spazierst du auf Busensuche durch Zikkurat?«

»Nein, Süley«, sage ich.

Jetzt kriegt sie sich gar nicht mehr ein. »Und du natürlich gar nicht, was?« Sie kitzelt mich unter den Rippen. »Süley schaut sich Mädchenbusen an und mein Jef macht die Augen zu«, singt sie.

»Mam, hör auf.« Ich greife nach ihrem Handgelenk, weil sie mich noch immer kitzelt, und sage: »Das war das erste Mal. Süley hat gesagt, er fände es mutig von Klumpfuß, mit so einem Schuh durch den Gang zu laufen. Und da habe ich gesagt, ihr fehle zwar vielleicht etwas, aber das würde durch ihren Busen wieder wettgemacht.«

Erst beguckt Mama mich noch ein wenig amüsiert, aber dann legt sie sich hin und bläst sich ein paar Haarsträhnen aus dem Gesicht.

»Ich meine …«, sage ich, aber plötzlich weiß ich nicht mehr so recht, was.

»Dass der Zauberer Iene genauso gut einen schönen Busen hätte geben können?«

Fast will ich nicken, aber dann sage ich: »Den oder etwas anderes.«

Danach liegen wir eine Weile da und schauen uns die Decke an. Wenn ich die Augen zumache, sehe ich lauter Flecken tanzen. Afrika, Tahiti, Burkina Faso, Benin, Mali, Togo.

»Bist du darum zu Iene gegangen?« Mama klingt vorsichtig.

»Es ging wirklich nicht um …«

»Nein, nein.« Sie nimmt meine Hand. »Es ist in Ordnung. Du wolltest schauen, ob es … etwas gibt?«

»Etwas, ja«, sage ich.

»Und?«

Ich versuche, Mama nicht anzuschauen und vor allem nicht zu sehen, ob sie womöglich lacht oder versucht, sich das Lachen zu verkneifen.

»Da war nichts, was es gutmacht«, flüstere ich. Ich drehe mich auf die Seite, denn plötzlich möchte ich am liebsten einfach nur schlafen.

Mama dreht sich mit. Sie drückt ihre Knie in meine Kniekehlen. Ihren Bauch gegen meinen Rücken.

Ich nehme ihre Hand und lege sie gegen meine Brust, wie jemand, der gerade einen Riesenschrecken bekommen hat und jemand anderen an seinem Herzen spüren lassen will, wie schlimm es war. Dann mache ich die Augen zu.

»Manchmal habe ich das auch«, sagt Mama. »Dann finde ich nichts. Nichts, das mir zeigt, dass …«

Was?, will ich fragen, aber ich weiß, sie hört nur kurz auf zu reden, um ganz tief Luft zu holen.

»Dass es etwas gibt, das alle Mühe wert ist.« Sie bläst alle Luft in meinen Nacken. Sie weint.

»Wenn du wüsstest, wie oft ich nachts an ihrem Bett sitze und suche«, sagt sie.

»Mama«, sage ich. Einfach nur, um etwas zu sagen, so wie sie oft einfach nur Jef sagt.

»Weißt du, was ich mache, wenn ich nichts finden kann?«

Ich schüttle den Kopf, obwohl ich weiß, dass sie es mir sofort erzählen wird.

»Dann stelle ich mir vor, dass Iene ein Baby ist. Babys haben zerbrechliche Knochen und machen komische Bewegungen und plappern und saugen an ihren Fingerknöcheln, weißt du?«

»Und sie haben genauso viel Spucke.« Ich merke, dass ich in den Momenten Scherze mache, in denen Mama es auch tun würde. »Oder?«

»Und sie girren auch so«, sagt sie lachend.

»Und kreischen.«

»Dann stelle ich mir vor, dass alles nur eine Frage der Zeit ist. Sehr viel Zeit. Aber dass am Ende alles gut wird.«

Sie gibt mir einen Kuss auf die Haare und lässt mich los, um das Licht auszuschalten.

Als wir schon eine Weile im Finsteren liegen und Mama schon ein paarmal von einer Klippe gefallen ist, sage ich: »Iene ist unser großes Baby, was?«

»Hm«, macht Mama.

Als sie danach »Guten Morgen, du Schöner« sagt, ist es schon längst hell. Sie schlägt die Decke von sich und drückt mit dem Fuß gegen das Bettende. Sie streckt sich und kratzt mit beiden Händen gähnend an ihrem Brustkorb.

Ich kann es nicht lassen, sie anzusehen. Ich glaube, ich sehe mir gern Menschen an, schießt es mir einen Augenblick durch den Kopf.

Ganz kurz, während ich sie so betrachte, finde ich es nicht mal so seltsam, dass Süleyman, dieser blöde Hund, in meine Mutter verknallt sein könnte.

Eine Sekunde nur. Dann kreischt das Baby durch unsere Wohnung und ich höre das Husten eines großen, dummen Mannes.

5 Ohrringe und vermisste Seidenstrümpfe / Einige nicht zu unterschätzende Vorteile des Unsichtbarseins

Mama tigert durch die Küche. Von der Spüle zum Kühlschrank, vom Kühlschrank zum Tisch und vom Tisch zum Fenster. Sie fasst sich ständig abwechselnd an beide Ohren, als würde ihr Gemecker und Gefluche noch nicht deutlich genug machen, dass sie ihre Ohrringe verloren hat.

»Wenn es nur *ein* Ohrring wäre«, sagt sie. »Aber beide!« Bei *beide* ist sie zum dritten Mal am Tisch angekommen, kneift sich in ihre Ohrläppchen und schaut Harry müde an.

»Du hast sie eben irgendwo liegenlassen«, antwortet er, ohne von der Fernsehzeitschrift aufzusehen. Er lutscht an einem Bleistift, weil er ein Kreuzworträtsel löst. Aber er nimmt ihn nie heraus, weil ihm nie was einfällt.

Mama fährt ihm sofort über den blöden Mund. »Ja, klar, wenn ich irgendwo hinkomme, mache ich immer sofort meine Ohrringe ab und hänge sie zu meiner Jacke an die Garderobe.« Sie verdreht die Augen, wirft den Kopf in den Nacken und murmelt etwas, was kein Mensch verstehen kann.

»Na ja.« Harry kritzelt etwas in das Kreuzworträtsel, einfach nur, um sein Gesicht zu wahren.

»Übrigens«, sagt Mama, »ich komme nirgendshin.« Sie schaut ganz kurz in Ienes Richtung, und vielleicht bilde ich es mir ja alles nur ein, aber ich finde, sie schaut, als würde sie Iene die Schuld geben, und das ist idiotisch, denn was kann Iene um Himmels willen mit Mamas Ohrringen anfangen? Sie hat nicht mal Löcher!

Weil Mama danach in meine Richtung guckt, verstärkt sie diese Vermutung nur noch. Umso mehr, da sie mich ansieht, als wäre ich mitschuldig. Einfach nur, weil ich Ienes Bruder bin. Wenn ich da an gestern Nacht denke und an unser Gespräch, kommt es mir vor, als hätte ich es erfunden oder geträumt. Als wäre sie nicht meine Mutter. Aber das ist sie ganz bestimmt. Harry soll mit seinen Pfoten von unseren Schaltern bleiben.

»Verdammt«, sagt Mama.

Irgendwie verstehe ich sie schon. Es ist das dritte Paar Ohrringe, das weg ist. Und sie hat auch schon zwei Paar Seidenstrümpfe und ein paar CDs nicht mehr finden können.

»Verdammt noch mal, verdammt!«

Plötzlich fängt Iene an, so heftig mit dem Kopf zu schlagen, dass sie sich schließlich an der gemeinen Ecke des Boilers stößt. Sie kreischt wie ein Tier. Bei normalen Menschen fände man das reichlich übertrieben, aber Iene ist nun mal so.

Mama will noch einmal fluchen, hält sich jedoch zurück, weil sie verdammt genau weiß, dass es an ihrem Gefluche liegt. Iene verträgt nämlich keine Dinge, die sie nicht gewohnt ist. Dann wird sie wütend.

Mama knallt die Besteckschublade zu, in der sie zum fünften Mal nach ihren Ohrringen gesucht hat, und geht mit einem Blick, der Widerwillen verrät, auf Iene zu. Mit beiden Händen umklammert sie Ienes Kopf, als wäre er ein Ball, und untersucht die Stelle, wo er gegen den Boiler geknallt ist. Ihr Gesicht ist so nah an Ienes Kopf, dass ich an einen Torwart denken muss, der seinen Ball küsst, bevor er abschlägt.

»Hat sie was?«, fragt Harry.

»Nein.« Mama klingt böse. Als wäre ihr lieber gewesen, Iene

hätte etwas gehabt, damit sie nicht umsonst aufgehört hat zu suchen. Sie lässt Ienes Kopf los. Aber was heißt hier loslassen – wenn Ienes Kopf nicht an ihrem Hals festgewachsen wäre, würde man es wegwerfen nennen.

Mama fängt wieder an, in der Schublade herumzukramen.

»Du musst zur heiligen Paloma beten«, sagt Harry.

»Als wärst du so gläubig!«, raunzt Mama ihn an.

»Nur, wenn ich etwas suche«, sagt Harry. Er schreibt ein paar Buchstaben in das Kreuzworträtsel, wie um zu beweisen, dass er gebetet hat.

»Und, hilft es?«, fragt Mama spöttisch.

»Nie«, sagt Harry.

»Das kommt, weil du zur Falschen betest«, sage ich. Ich glaube, ich sage zum ersten Mal etwas zu ihm. Ich meine: direkt. Ich sehe ihn sogar an. Obwohl die Polarkappen noch da sind und uns das Wasser nicht bis zum Hals steht.

»Oh?«, macht er.

»Es ist der heilige Antonius, der für verlorene Sachen zuständig ist«, sage ich.

»Und die heilige Paloma, was ist mit der?«

»Die ist für Konstipation zuständig.«

»Konsti was?«

»Konstipation.«

»Wenn man nicht aufs Klo kann«, hilft Mama.

»Oh ja?«, sagt Harry. »Deshalb muss ich wohl so oft.« Er lacht über sich selbst und vielleicht auch, weil er jetzt endlich den Grund für seine häufigen Toilettenbesuche kennt, während er mich ansieht und dabei fast zwinkert.

Ich denke: Wenn ich nicht mächtig aufpasse, führe ich gleich noch ein Gespräch mit diesem Mann. Also gehe ich zu Iene, die sich inzwischen wieder beruhigt hat, fahre sie aus der Küche, in den Gang, in den Lift, bis zur Hecke. Zu unserem Glasflaschenfeld.

Es regt sich kein Hauch. Alles ist still.

»Es kann nicht schaden, oder?«, sage ich zu Iene. Ich lehne mich an ihren Reifen.

Warum Mama es wohl nicht sieht, lasse ich sie in Gedanken sagen.

»Er stiehlt die Sachen vor ihren Augen«, sage ich. »Die CDs verkauft er auf Flohmärkten und Mamas Ohrringe schenkt er anderen Frauen. Dieser Scheißkerl.«

Und was ist mit den Seidenstrümpfen?, fragt Iene.

»Damit überfällt er natürlich Banken.«

Als ich denke, wir sind lange genug beim Glasflaschenfeld gewesen, um nicht mehr Gefahr zu laufen, mit Harry ins Gespräch zu kommen, stehe ich auf und sage zu Iene, wir sollten besser wieder zurückgehen. »Denn wenn es nicht weht, fängt es bestimmt gleich an zu regnen.«

Als ich wieder mit Iene im Flur stehe, höre ich Süleymans Stimme. Ich denke: Er schon wieder. Und: Kaum bin ich mal weg, ist er hier.

Aber ich höre auch Mamas Stimme. Das heißt, ihr Lachen. Süleyman lacht auch. Und Harry lacht. Ich denke: Kaum bin ich mal kurz weg, lachen alle.

In der Stille, die jetzt folgt, als wäre mein Gedanke bis in die Küche hörbar, murmelt Harry etwas, woraufhin Mama und Süley wieder in wieherndes Gelächter ausbrechen.

Ich hocke mich vor Iene. »Hör mal zu«, sage ich, »da in unserer Küche …« Ich zeige auf die Küche. »Da ist die Zukunft. Mama und Harry haben gerade geheiratet und diesen Blödmann von Süley adoptiert. Ich weiß nicht, welche Rolle wir da noch spielen, Iene.«

Iene schaut mich an. Ich meine, sie schaut mich wirklich an, als würde sie es verstehen. Und dann denke ich: Vielleicht ist es wirklich so. Wenn wir von unserem Glasflaschenfeld kommen, laufen wir in unsere Zukunft. Dann sind wir plötzlich ein ganzes Stück weiter und Iene versteht fast alles.

»Mama hatte Recht«, sage ich. »Es ist einfach eine Frage der Zeit. Du bist jetzt ein Kind. Kein Baby mehr.«

Und ob du's glaubst oder nicht, Iene schaut immer noch. Nicht stumpf und ausdruckslos starren, sondern richtig schauen, weißt du. Sie nickt sogar ein wenig.

In der Küche prustet Süleyman los.

»Wir müssen ihn loswerden«, sage ich. »Diesen dummen Typen. Und Harry natürlich auch. Der gehört schließlich genauso wenig hierher.«

Es ist still in der Küche. »Er stiehlt«, flüstere ich Iene ins Ohr. »Stiehlt«, sage ich noch einmal, aber jetzt ganz lang gezogen, wie Erwachsene es manchmal machen, wenn sie etwas zu einem Kind sagen, das es nicht vergessen soll. Warnungen, gute Ratschläge und andere wichtige Dinge.

»Er bestiehlt sogar unsere Mutter«, sage ich.

Dann stelle ich mich hinter Ienes Stuhl. »Wollen wir?« Ich schiebe sie vor mir her in die Küche. Als wir im Türrahmen stehen, erwarte ich so ein Science-Fiction-Licht wie in einem dieser Filme, in denen durch die Zeit gereist wird. Mit Feuerfunken und Rauch und noch mehr Special Effects. Mit dem Mund ahme ich ein Geräusch nach, das dazu gehört, auch aus so einem Film, aber in unserer Zukunft scheint es niemand zu bemerken. Harry und Mama und Süleyman spielen einfach weiter Monopoly. Süleymans nächster Zug, der Harry wieder zurück an den Start zwingt, erzeugt bei Mama mehr Aufregung als ihre beiden leiblichen Kinder, die von einer Zeitreise heimkehren.

Ich schiebe Iene wieder an ihren Platz beim Boiler und stelle mich mit dem Rücken zur Spüle, um mir das Schauspiel anzusehen: Neue Patchworkfamilie spielt Monopoly.

Mama würfelt, verschiebt ihre Figur, macht eine Geste, die hurra oder etwas Ähnliches bedeutet, und schiebt Harry die Würfel zu. Er macht ungefähr dasselbe, aber lässt die Geste weg. Er trinkt einen Schluck Kaffee und verfolgt über den Tassenrand Süleymans Wurf. Der stimmbrüchelt: »Neun!«

Was für eine Riesenüberraschung, dass Süleyman so weit zählen kann. Er schiebt seine Figur weiter, kauft eine Straße und drückt Mama die Würfel in die Hand, was sage ich, drückt sie unserer Mama in die Hand.

Mama würfelt. Verschiebt ihre Figur. Nimmt die Limonadenflasche und schenkt ihrem neuen Sohn ein Glas ein. Er trinkt, öffnet den Mund jedoch viel zu weit, wodurch ihm die Limonade über Kinn und Hals läuft. Ich denke: *Great!* In Zukunft wird meine Schwester immer schlauer und Süleyman noch blöder. Fairer Deal!

Da mich das Schauspiel längst langweilt, ziehe ich den dreien noch kurz silberfarbene Space-Anzüge an. Harry hat Spitzohren wie der Typ aus *Raumschiff Enterprise* und das angenommene Kind einen glühenden Zeigefinger wie ET. Das alles macht mich aber nur noch trübsinniger.

Auf der Spüle steht ein Becher mit Kulis und Bleistiften, aber ständig landet auch anderer Krimskrams darin, der aus irgendeinem Grund keinen festen Platz bekommt, weil er nirgends richtig hingehört. Ein Korkenzieher, zum Beispiel. Oder der Teigschaber. Solche Sachen halt. Vielleicht sind da auch Mamas Ohrringe drin, denke ich. Und ich denke, wie sehr sie sich darüber freuen würde, aber das würde gleichzeitig auch bedeuten, dass Harry kein Dieb ist. Oder zumindest die Ohrringe meiner Mutter nicht gestohlen hat, was ihn weniger zum Dieb macht. Und das gönne ich ihm nicht.

Als ich höre, wie Mama ein Hotel in Oxford Street kauft und Süleyman sagt, das liege ja in England, wo sie dann aber mächtig aufpassen müsse, weil alle dort links fahren, beschließe ich, dass es mir reicht.

»Beng!«, rufe ich, so laut ich kann, als ich durch die Tür gehe. Ein Zeitreiseknall, weißt du. Worauf Iene kreischt, als würde sie mit ihrem Rollstuhl an einem elektrischen Zaun kleben.

»Verdammt noch mal, Jef!«, höre ich auch. Mama.

Und, wirklich wahr, eine Sekunde lang bin ich erleichtert, nicht unsichtbar zu sein.

In meinem Zimmer lege ich mich der Länge nach aufs Bett. Erst denke ich noch über einige nicht zu unterschätzende Vorteile des Unsichtbarseins nach und dann starre ich auf die Weltkarte.

Ich lege die Wange auf meinen gestreckten Arm. Ich mache ein Auge zu und zeige auf den warmen Süden.

Wohin gehen wir?, fragt Süleyman in meiner Vorstellung.

»Mexiko.«

Vielleicht ist er ja dort.

Mit einem knallroten Sombrero auf dem braun verbrannten Kopf.

Er sitzt auf einem gammeligen Mofa, eigentlich einem Scooter.

Er transportiert Hühner. Oder Kisten mexikanisches Bier.

Er singt »O sole mio!« und denkt an uns.

Wie es früher war.

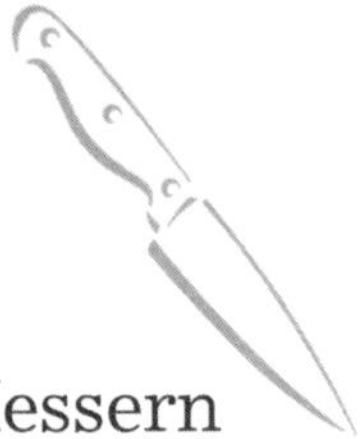

6 Mütter mit Messern sind gefährlich

»Den Hund von dem Zeitungsklauer«, sagt Süleyman, »du weißt schon, dieses Monster mit der platten Nase, der immer die ganze Gegend zusammenbellt? Den haben sie in zwei Teilen im Aufzugschacht an der Nordseite gefunden.«

Kurze Erklärung: Der Zeitungsklauer wohnt bei Süleyman auf dem Gang. Seinen Namen verdankt er der Tatsache, dass vor zwei Jahren ganz Zikkurat keine Zeitung mehr in den Briefkästen vorfand und die Zeitungen später allesamt in seiner Wohnung gefunden wurden.

Der Zeitungsdieb erklärte, die Zeitungen für seinen Ofen gebraucht zu haben, aber in dem ganzen Hochhaus hat kein Mensch einen Ofen, also entstand das Gerücht, der Zeitungsklauer habe ganz Zikkurat in Schutt und Asche legen wollen.

Der Mann hat also einen Hund. Der heißt Bruno.

Bruno ist ein Mischling aus einem deutschen Jagdhund und einem Dackel, aber wenn man das Tier sieht und etwas von Hunden versteht, weiß man, dass eine französische Bulldogge da auch irgendwie mitgemischt hat. Laut Süleyman, König des blanken Unsinns, haben sie das Vieh also halbiert im Aufzugschacht vorgefunden. Aber … und das ist keine unwesentliche Information: Wir sitzen im Heizungskeller. Also sage ich: »Oh, wirklich?«

»Ja«, sagt Süleyman. »Und ihm fehlte ein Auge.«

»Dass es Menschen gibt, die einem Tier so etwas antun können, was?«, sage ich. Was in Wirklichkeit Quatsch ist, denn in den Nachrichten sieht man kranke Typen, die so was auch mit einem Menschen machen würden. Aber eigentlich beschäftigt mich der kaum auszuhaltende Gestank im Keller viel mehr als das. Ich denke sogar einen Moment, wir sollten uns vielleicht nicht mehr hierher zurückziehen, wenn es hier weiterhin so stinkt. »Riechst du das auch?«, frage ich mit gerümpfter Nase.

Süleyman zuckt die Schultern. Er ist natürlich viel Schlimmeres gewohnt, da oben auf der Elften.

»Sie hatten auch die Stimmbänder rausgeschnitten, aus dem Hund«, fährt er unverdrossen fort.

»Hunde haben keine Stimmbänder.«

»Doch.«

»Nein. Schon mal einen Hund sprechen hören?« Ich denke: Süley bestimmt.

»Hunde bellen«, erklärt er. »Für Hunde ist das wie Sprechen und dafür brauchen sie auch Stimmbänder.«

»Nein, Süley«, sage ich, »das sind Bellbänder.« Wir sitzen hier doch schließlich im Heizungskeller.

»So reden Hunde«, sagt Süleyman, als würde er mich nicht hören.

»Und was sagen sie die ganze Zeit zueinander?«, frage ich als allerletzten-Versuch-bevor-ich-es-aufgebe.

Süleyman schnaubt. »Es ist ein grauseliger Tod«, beendet er das Gespräch. Danach schaut er mich an, als wolle er sagen: Dann überleg du dir doch was Besseres.

»Weißt du, was wirklich ein grauseliger Tod ist?«, frage ich.

Erzähl's nur, sagt Süleymans Blick.

»Erstochen werden.«

»Jaha, mit einem Messer«, leiert Süleyman.

»Mit einem Küchenmesser Wüsthof Grand Prix 2«, schnaube ich.

»Ja, grau-s-e-lig«, sagt Süleyman gespielt entsetzt.

»Meine Mutter …« Ich mache eine Pause, weil sich das gut macht, wenn man etwas Spannendes erzählt, aber Süleyman fällt mir sofort ins Wort: »Hat deinen Vater mit einem Messer ermordet. Das hast du schon erzählt«, sagt er.

Ich tue, als würde ich es nicht hören und überhaupt nicht merken, wie arrogant dieser Bursche sein kann. »Er war trunken vor Bier und Wut«, sage ich. »Er kam auf sie zu, die Hände wie Klauen nach ihr ausgestreckt. Er torkelte mehr, als dass er ging, stolperte auf halber Strecke zwischen der Wand und ihr, kam aber dennoch recht schnell voran. Schneller, als er betrunken denken konnte, und schneller, als meine Mutter etwas machen konnte. Sie stand am Couchtisch und rührte sich nicht. Oben lagen ihre Kinder und schliefen. Meine Schwester und ich. Ihr wurde klar, dass sie jeden Moment tot sein könnte, und sie dachte an uns, wie wir dort lagen und dort liegen bleiben würden, bis wir vor Hunger starben, oder durch etwas, was er nach ihr auch uns antun würde.

Mein Vater war noch einen Seufzer von ihr entfernt. Mit seiner rechten Hand holte er aus. Er zog an den langen Haaren meiner Mutter, bis sie in die Knie ging, drückte mit der anderen Hand ihren Kopf hinunter und klemmte ihn zwischen seine Riesenhand und den Tisch. Es rauschte in ihrem Kopf, das Zimmer fing an sich zu drehen.

Und in diesem Augenblick sah sie das Messer. Es lag auf dem Couchtisch, ganz nah vor ihren Augen, die tränten von dem Druck seiner Hand auf ihrer Schläfe. Mit diesem Messer hatte sie am Abend Käse geschnitten, um ihn vor dem Fernseher aufzuessen. Das machte sie sonst fast nie. Einen Moment wunderte sie sich über den Zufall, griff dann mit letzter Kraft nach dem Messer und stach blindlings zu. Erst in sein Knie, das sich irgendwo hinter ihrem Rücken befand. Sie hörte ihn fluchen und stöhnen. Er lockerte seinen Griff. Sie stach noch einmal zu, aber jetzt traf sie seine

Hand, die er auf die klaffende Kniewunde gelegt hatte. Dann zog sie das Messer zurück, weil sie spürte, dass sie es noch brauchen würde.

Er rief etwas, aber sie verstand es nicht. Er trat einen Schritt zurück, um Gleichgewicht ringend wie ein Seiltänzer.

Meine Mutter konnte sich aufrappeln. Aus den Augenwinkeln sah sie, wie er die Hand wieder ausstreckte, die Finger immer noch wie Klauen gekrümmt. Mit dem Ellbogen wehrte sie die Hand ab. Seine Brust war jetzt frei. Dann stach sie zu. Mitten in das Herz meines Vaters.«

Süleyman starrt vor sich hin. Er ist tief in Gedanken. An seinem Gesicht kann ich nicht sehen, ob er an das denkt, was ich gerade erzählt habe, oder an sonst etwas. Er ändert seine Haltung, kratzt sich am Ohr und dann am Rücken und streckt jetzt auch die Nase in die Luft, weil ihm plötzlich der Gestank auffällt. Dann sieht er mich an, öffnet den Mund, weil er findet, dass er über den Gestank etwas sagen muss, schließt ihn dann aber wieder, weil er sich plötzlich daran erinnert, dass ich etwas erzählt habe und nun eine Reaktion von ihm erwarte.

»Hast du überhaupt zugehört?«, frage ich.

Er nickt. »Ich habe es gehört, aber …«

»Aber was, Süley?«

»So etwas würde deine Mutter nie tun«, sagt er entschieden. Als würde er sie besser kennen als ich.

Ich denke: Dieser Stiesel ist tatsächlich *verknallt* in meine Mutter!

»Auf diese Weise hat sie all ihre Freunde umgebracht«, sage ich. Als Warnung.

Ich sehe, wie er schluckt. Zum ersten Mal fällt mir auf, dass er einen Adamsapfel hat.

»Mütter mit Messern sind gefährlich«, sage ich.

Ich sehe, wie er nachdenkt. Über seine Mutter, schätze ich mal. »Stimmt«, sagt er. »Meine Mutter rasiert meinen Vater mit so einem dünnen, aber irre scharfen Rasiermesser. So einem altmodischen Teil. Es hat einen Metallgriff, der genau in ihre Handfläche passt.« Er zeigt an seinem eigenen Hals, wie seine Mutter seinen Vater rasiert. Den kleinen Finger spreizt er dabei ab. Das imaginäre Messer streicht an seinem Adamsapfel entlang. »Sie hält das Messer immer ziemlich lange gegen Papas Schlagader«, sagt er. »Dann sieht man, wie Papa den Schrecken wegschluckt!«

»Halt die Klappe«, sage ich. »Das hast du aus einem Film.«

»Ja. Aber meine Schwester hat wirklich ein Butterflymesser!«

»Aber deine Schwester ist keine Mutter.«

»Nein«, sagt er. Man sieht, wie er nachdenkt. »Aber vielleicht wird sie das!«

Ich ahme Mamas Geste von gerade eben nach: Kopf in den Nacken, Augen verdrehen und etwas murmeln, was kein Mensch versteht.

»Tabita geht mit Jeroen Vanhoof«, sagt Süleyman.

»Jeroen Vanhoof? Von der Zweiten?«

»Von der Zweiten«, echot Süley.

Ich fange an, laut zu lachen. Gestört laut zu lachen.

Süleyman sitzt dort mit leicht geöffnetem Mund und starrt mich an.

Dadurch muss ich nur noch lauter lachen.

»Was hast du?«, piepst er.

»Tabita«, sage ich und dann fasse ich mir an den Bauch, als würde er wirklich wehtun. »Mit Jeroen Vanhoof!« Und wieder bekomme ich einen Lachkrampf, der ihm vermutlich sehr auf die Nerven geht.

»Was ist denn daran so witzig?«

»Alles!«

»Was, alles?« Süleyman steht auf. Er steht ein wenig gekrümmt da, wegen der Rohre des Heizkessels, die sich über die niedrige Decke ziehen, und sieht dadurch ein wenig gefährlicher aus. Außerdem bin ich praktisch eingeklemmt zwischen seinen Schuhen und dem Heizungskessel, gegen den ich lehne.

»Jeroen Vanhoof ist …«, sage ich, und ich versuche an ein Wort zu denken, das *ein anständiger Kerl* ersetzt, ohne Süleyman noch wütender zu machen und ihn dazu zu bringen, mich wie ein Wilder zu zerreißen, das aber dennoch ausdrückt, dass dieser Jeroen keine Partie für seine Schwester ist.

»Zu gut für Tabita?«, ergänzt er selbst.

Ich denke: Dieser Junge kann ja Gedanken lesen. »Wenn du meinst«, sage ich.

»Ich?« Er sieht mich wie vom Donner gerührt an. Sein Unterkiefer klappt wieder herunter. Ich denke: Offener Mund. Und: Vorsicht, ungereinigte Luft.

»Trotzdem sind sie schon seit einem Jahr zusammen«, sagt Süleyman. Er lässt sich gegen den Heizungskessel fallen, als würde er ihm mit seinem gesamten Körper einen Tritt versetzen. Seine Augen, mit denen er mir klarmachen will, wie viel Glück ich habe, weil er sich für den Heizkessel entschieden hat, sind zwei Daumen von meinen entfernt.

Ich rieche seinen Atem. Ganz okay. Sauerkraut oder so.

»Nur das Butterflymesser war Unsinn«, sagt er.

»Das von meiner Mutter nicht«, sage ich.

»Weiß ich doch.« Um seinen Mund spielt ein grimmiges Lächeln.

»Nein, das weißt du nicht.«

»Das sagst du doch?«

»Ja, aber …« Ich will sagen, dass ich es durchaus verstehen würde, wenn er mir nicht glaubte. Schließlich sitzen wir hier im Heizungskeller, aber ich denke: Verdammt, natürlich glaubt der Blödhammel mir nicht.

»Komm«, sage ich.

»Was?«, sagt er.

»Komm mit!« Ich ziehe ihn am Arm hinter mir aus dem Keller.

»Wohin gehen wir?« Er klingt ein wenig ängstlich.

Genau richtig.

»Egal wohin. Irgendwohin, wo du mir glaubst.« Ich öffne die Tür zum Fahrradkeller und schiebe ihn dort gegen die Wand, denn einfach aus dem Keller raus reicht ja schon. Meine Nase berührt seine Nase. »Jetzt hör mal gut zu«, sage ich.

Süleyman nickt.

»Sie hat sie alle ermordet«, sage ich.

Süleyman nickt noch immer. »Mit einem Messer«, sagt er.

»Einem Wüsthof Grand Prix«, sage ich.

»Zwei«, sagt Süley.

»Was?«

»Dem Grand Prix 2.«

»Genau.« Ich denke: Lacht dieses Rindvieh mich hier etwa aus?

»Du glaubst mir noch immer nicht, was?«

»Doch«, sagt er. »Warum …«

»Komm!« Ich gehe aus dem Fahrradkeller zu der Stelle, an der die vier Aufzüge der Südseite halten, und drücke alle Knöpfe gleichzeitig, was eigentlich verboten ist, denn dann setzt man sie allesamt in Bewegung, obwohl man eigentlich nur einen braucht. Das ist Verschwendung. Wenn der Hausmeister es sieht, sagt Mama, wird man aus dem Gebäude geworfen. Es ist mir scheißegal. Ich will nach oben. Zu unserer Wohnung. Jetzt, wo Mama mit Iene weg ist. Ob Harry da ist, weiß ich nicht, aber weil ich ja doch durch ihn hindurchsehe, ist er für mich auf jeden Fall weg. Weil er Luft für mich ist. Ungesäuberte.

»Was machst du?« Als der Aufzug angekommen ist, hat Süleyman mich eingeholt.

»Wirst du gleich sehen.«

»Ist deine Mutter nicht da?«, fragt er, als ich den Wohnungsschlüssel aus meiner Hosentasche hole.

»Nein, die ist mit Iene weg. Schade, was?«

Süleyman murmelt etwas und ich schiebe ihn weiter. »Und jetzt still sein«, sage ich.

Die Garderobe im Flur ist fast leer ohne die Sachen von Iene und meiner Mutter. Harrys Jacke ist auch weg. Seine Tennissachen auch. Für den Bruchteil einer Sekunde schießt mir durch den Kopf, dass er ausgezogen ist. Für immer.

»Komm.« Im Wohnzimmer knie ich mich neben den Couchtisch hin. Als wäre es ganz normal, macht Süleyman dasselbe. »Hier, sieh hin, du blöder Hund«, flüstere ich, als wäre doch noch jemand in der Wohnung, der uns hören könnte.

Süleyman sieht auf den Boden vor meinen Knien. Ich rücke den Couchtisch ein wenig zur Seite. Der Fleck, das Blut meines Vaters, wird sichtbar.

Süleyman schaut von dem Fleck zu mir. Ein paar Mal. »Ein Fleck.«

»Ja-ha, ein Fleck«, sage ich. »Aber kein normaler Fleck. Kein Fleck, wie bei dir zu Hause Hunderte auf dem Teppich sind. Kein schmuddeliger Schmutz, Süley!«

Süleyman schubst mich mit beiden Händen. Ich bekomme einen Schrecken, weil ich es nicht erwartet hatte, und schubse zurück. Dann wieder er.

Ich wieder.

»Hör auf!«, ruft er. »Hör verdammt noch mal auf, Mann!«

Er steht gleich auf, denke ich. Das kann ich sehen. Ich ziehe am Bund seines Sweatshirts, er soll sitzen bleiben. »Ein Blutfleck«, sage ich und zeige darauf.

»Von deinem Vater?«

Ich nicke.

Süleyman setzt sich fast mit der Nase darauf, als würde er daran riechen. »Dunkel, was?«

»Das kommt natürlich, weil es schon längst getrocknet ist.«

Dann fühlt er daran.

»Glaubst du es nicht?«

»Was?«

»Dass es getrocknet ist.«

»Doch, natürlich. Aber ich dachte …«

»Was?«

»Ach, nichts.«

»Was, Süley?«

»Woher weißt du, dass es von deinem Pa ist?«

»Woher werd ich das schon wissen?«

»Ich frage es dich.«

»Von meiner Mutter natürlich.«

»Sie hat es dir erzählt?«

»Bestimmt hundert Mal.«

»Ja, dann wird's wohl stimmen.«

»Aber du glaubst mir nicht.«

»Doch, aber …«

»Was?«

»Vielleicht hat sie es einfach so gesagt.«

»Einfach so *was* gesagt? *Was* gesagt?«

»Dass es das Blut deines Vaters ist.«

»Wenn sie das sagt, dann ist das auch so.« Ich schubse ihn wieder. Er schubst zurück.

»Verdammt noch mal, Süley, das ist ein Geheimnis«, sage ich. Ich zeige darauf. Das Blut.

»Keiner weiß es?«

»Keiner. Nur Mama und ich.«

»Und Harry?«

»Hör bloß auf mit Harry«, sage ich. Aber ich denke sofort, dass es jetzt wirkt, als würde Harry es womöglich wissen, aber ich wollte es nicht sagen, oder so. »Er weiß es ganz bestimmt nicht«, sage ich.

Ich sehe, wie Süleyman nachdenkt. Sein Gesicht hat einen schmerzhaften Ausdruck. Fast taucht ein Riss darin auf.

»Was?«

»Er würde sich hier nicht mehr blickenlassen«, sagt Süleyman.

»Harry?«

»Ja. Wer will denn mit einer Mörderin zusammen sein?«

»Einer Mörderin?«

Süleyman nickt. »Deiner Mutter.«

»Hör auf, Mann.«

»Was? Es ist doch so?«

»Mama …«

»Hat deinen Pa ermordet. Oder?«

Ich nicke.

»Na ja, dann ist sie …«

»Süley, mach, dass du wegkommst.«

»Aber …«

»Mach, dass du wegkommst!« Ich denke: Was mache ich hier um Himmels willen auf den Knien mit Süleyman auf dem Teppich neben dem Geheimnis von meiner Mutter und mir?

Ich könnte mich selbst treten. Warum habe ich es überhaupt erzählt? Dieser Idiot hat mich betrogen. Das dämliche Spiel im Heizungskeller hat dafür gesorgt, dass ich Mamas Geheimnis verraten habe. Enthüllt!

Ich schiebe den Tisch zurück. »Weg, Süley.«

Er geht unsicher zur Tür.

»Jef …«

»Weg!« Ich schiebe ihn raus und mache die Tür zu, ehe er ganz dahinter verschwunden ist. Seine Schulter wird gegen den Türrahmen gequetscht.

»Aua«, höre ich noch.

Ich drücke gegen die Tür und trete fest dagegen.

Es klopft.

Ich öffne die Tür.

Süleyman natürlich.

»Was?«
»Ich meinte es nicht so«, sagt er.
»Meintest was nicht so?«
»Dass deine Mutter eine Mörderin ist. Du hast es erzählt. Also.«
»Was, also?«
»Also hat *du* es gesagt. Nicht ich.«
»Halt die Klappe, Mann!« Ich will die Tür wieder zuknallen, überlege es mir dann aber anders. »Hör zu.« Ich hebe meinen Zeigefinger warnend in seine Richtung. »Sie wird mit Harry das Gleiche machen. Aber das kann dir natürlich nur recht sein, denn dann ist meine Mutter allein und du hast freie Bahn!«
»Jef, hör auf«, sagt Süleyman ganz ruhig. »Ich bin vierzehn.«
Ich mache den Mund auf, schließe ihn aber sofort wieder. Er ist vierzehn, denke ich. Natürlich. Ich fühle mich auf einmal so bescheuert, aber das gebe ich natürlich nicht zu. »Du bist vier«, sage ich. »Du bist ein vierjähriger Knirps im Körper eines Vierzehnjährigen. Hau ab!«, brülle ich.
Süleyman tritt einen Schritt zurück. Ich mache die Tür zu und warte. Ich weiß nicht, worauf.
Nach einer Weile fange ich an zu zählen. Eins, zwei, drei, vier, fünf, sechs, sieben. Ich denke: Bei zwanzig mache ich die Tür auf. Acht, neun, zehn, elf. Ich öffne die Tür. Süleyman ist verschwunden.
Ich renne durch den Gang zur Treppe. Dort ist er auch nicht.
»Süley!«
Ich nehme drei Stufen gleichzeitig. Auf der sechsten Etage ist er auch nicht. »Süley!«
Auf der Treppe zur siebten ist kein Süleyman.
Ich nehme wieder drei Stufen gleichzeitig. Auf der siebten Etage halte ich kurz an, um wieder zu Atem zu kommen, die Hände stütze ich auf die Knie. Ich höre jemanden nach unten kommen. Ich sehe seine Schuhe auf den Stufen.

»Was?«, sagt er.

»Was machen wir?« Ich sehe ihn nicht an, weil ich immer noch vornübergebeugt nach Luft schnappe. Als wäre ich einen Marathon gelaufen.

»Nichts«, sagt er.

»Sollen wir zu dir gehen?«

»Nein.« Er dreht sich auf einem Bein um und geht nach oben. Ich höre ihn singen. Etwas von Joni Mitchell, glaube ich.

»Halt die Klappe!«, brülle ich.

7 All diese Messerfreaks glotzen meine Schwester die ganze Zeit an

Mama und ich sitzen bei Iene.

Iene girrt und macht Blasen; wir kitzeln sie nämlich. Manchmal sieht es aus, als wolle sie uns von sich wegschieben. Dann holt sie blitzschnell mit dem Arm aus, und wenn du nicht aufpasst, landet ihre Faust voll in deinem Gesicht. Aber sie will natürlich nicht wirklich, dass wir aufhören oder so, es ist ihre Art, mitzumachen.

Ihre Art herumzutoben.

»Kitzelst du mich auch mal?«, sagt Mama. »Kitzelst du mich auch mal?« Mama wiederholt immer alles, wenn sie mit Iene spricht. Iene ist unser Baby.

Plötzlich hört Mama mit dem Kitzeln und Lachen auf. »Sie kratzt sich wieder«, sagt sie traurig. Sie hält Ienes Kopf mit einer Hand fest wie in einem eisernen Griff. Den Daumen hält sie unter Ienes Kinn und die anderen Finger hinter ihrem linken Ohr. Mit der anderen Hand betastet sie eine Schramme und die Fältchen unter Ienes Auge.

Unter Mamas Umschwung von fröhlich zu ernst hat Iene aufgehört zu girren, sich zu bewegen und Blasen zu machen. Sie sitzt verkrampft und eingeklemmt in Mamas Hand. Sie sieht ein wenig ängstlich aus, finde ich. Oder beunruhigt. Nur ihre Augen bewegen sich. Sie erinnert mich an ein Küken, das von Kinderhänden aus einem Käfig gehoben wird. »Du musst das Kratzen bleibenlassen, mein Kind«, seufzt Mama, während sie die Wunde genau inspiziert.

»Komm«, sage ich, als Mama meine Schwester wieder zwischen die anderen Küken gesetzt hat.

Ich kitzle sie weiter, als hätte ich niemals aufgehört, und hoffe, Mama macht das Gleiche.

Aus den Augenwinkeln sehe ich, dass Mama keine Anstalten dazu macht. »Du auch, Mam«, versuche ich, aber sie hebt nur mühsam die Schultern. Als würden Bleisäckchen daran hängen.

»Sie wird nicht mehr kratzen, Mam«, sage ich. »Sie verspricht es. Was, Iene?« Ich gebe Iene einen Klaps gegen die Schulter. »Versprich es, Iene.«

»Je-ef«, macht Mama.

Ich verstelle meine Stimme. »Ich verspreche es hoch und heilig.« Dann wieder ein Klaps gegen Ienes Schulter. »Gut so, Iene.« Ich schaue Mama an. »Siehst du?«

Aber Mama macht nicht mit. Sie seufzt und setzt sich schräg an den Küchentisch. »Hör zu, Jef«, sagt sie. »Morgen kommt der Messerclub.«

»Hierher?«

»Hierher.«

Meine Frage ist nicht so seltsam, wie sie sich vielleicht anhört. Der Club trifft sich einmal im Monat, immer bei einem anderen Mitglied. Aber sie kommen fast nie hierher. Mama sagt, weil es hier zu klein ist, aber ich denke dann: Nein, hier ist Iene. Daran liegt es. Es hat bestimmt nichts mit der Größe unserer Wohnung zu tun. Obwohl Iene unsere Wohnung kleiner macht, als sie in Wirklichkeit ist. Aber daran liegt es nicht. All diese Messerfreaks glotzen meine Schwester die ganze Zeit an. Und nicht, weil sie sie so besonders finden und die Augen einfach nicht von ihr lassen können, ganz bestimmt nicht. Nein, sie schauen, als könnte Iene jeden Moment aus ihrem Stuhl aufspringen und ihnen an die Gurgel gehen. Als ob sie auf der Hut wären, so schauen sie.

Ich fände es nicht mal schlimm. Wenn Iene plötzlich aus ihrem

Stuhl aufspringen könnte, wäre das ein riesiger Fortschritt. Wenn dafür ein paar Mitglieder des Clubs deutscher Messer fallen müssen, sei es drum.

»Sie kommen alle«, sagt Mama.

Noch so etwas. Wenn sie hierher kommen, ist plötzlich immer die Hälfte immobil oder Opfer einer geheimnisvollen Krankheit geworden.

»Nun ja, das ist doch gut?«, frage ich. Denn Mama starrt noch immer so mutlos vor sich hin. »Du guckst, als hättest du keine Lust darauf.«

»Das habe ich schon, Jef, aber …«

»Aber was?«

Mama setzt sich anders hin und legt ihre gefalteten Hände vor sich auf den Tisch.

Ich weiß genau, was jetzt kommt: Sie starrt sie an und seufzt tief.

»Was, Mam?«

»Ich hätte gern, dass du morgen kurz mit Iene weggehst«, sagt sie.

»Warum?«

»Nur kurz, Jef. Einfach weg eben, zum Glasflaschenfeld oder so.«

»Aber warum?«

»Weil ich mich konzentrieren will, Jef. Es gibt eine Menge zu besprechen …«

»Was gibt's denn da zu besprechen? Ein Messer ist ein Messer.«

»Kann schon sein«. Sie starrt noch immer auf ihre Hände. »Aber die Reise nach Deutschland steht an und …«

»Dass sie dich das jedes Mal wieder organisieren lassen«, sage ich heftig.

Jetzt sieht sie mich scharf an.

»Ja, und?«

Ich würde am liebsten sagen, dass sie die Letzte von diesem Mistclub ist, die Zeit dafür hat, aber ich spüre, dass ich wohl besser einfach mit den Schultern zucke.

»Immerhin das kann ich machen.« Sie faltet ihre Hände so fest zusammen, dass ich denke, sie könnte damit eine Walnuss knacken.

»Ich würde gern einmal mitfahren, Jef«, höre ich sie sagen, während ich noch auf ihre Hände starre, als wartete ich auf das Knacken.

»Was?«

»Ich möchte gern einmal mitfahren. Nach Deutschland.«

»Das geht nicht mit Iene.«

»Glaubst du das?«

»Wer wird dann …« ist das Einzige, was sie mich sagen lässt.

»Harry ist doch da?«

Knack! höre ich, aber es ist in meinem Kopf. »Harry?«

Sie nickt.

»Harry ist *nicht* da!«, rufe ich. »Auf diesen Typen kannst du dich nicht verlassen. Mal ist er da. Mal ist er nicht da. Mal ist er wieder da.« Ich könnte stundenlang so weitermachen. »Wir sind da«, sage ich. »Immer!«

Es ist eine Weile still. Weil sie findet, dass ich ja Recht habe, denke ich. Schweigen bedeutet Zustimmung. Aber dann schlägt sie mit beiden Händen auf die Tischplatte. »Verdammt noch mal! Weil Iene da ist, kann ich nirgendwohin? Mein ganzes Leben nicht?« Sie fragt es wirklich. Ich meine, sie sieht mich an, als hätte ich tatsächlich eine Antwort.

»Du kannst sie wohl kaum wegzaubern«, sage ich.

Noch bevor meine Worte kalt sind, sagt Mama: »Nein, aber ich kann den Zauberer fragen, ob er sie noch zurücknimmt.« Sie steht auf und geht aus der Küche. Eine Stunde oder noch länger bleibt sie weg.

8 Tabita nackt auf dem Sofa / Sjoerd, der Asphaltmann

»Hi.«

»Hallo.«

Süleyman steht an meiner Zimmertür.

»Ist deine Mutter nicht da?«

»Oh, willst du zu meiner Mutter?«

»Nein«, sagt Süleyman schnell. »Ich will nicht zu deiner Mutter, aber ich hab sie nirgends gesehen, als ich reingekommen bin, und da dachte ich …«

»Wer hat dich dann reingelassen? Oder hast du jetzt auch schon einen Wohnungsschlüssel?«

»Harry hat mich reingelassen.«

»Oh, ist er da?«

»Oder jemand, der ihm sehr ähnlich sieht«, witzelt Süleyman.

Ich verziehe keine Miene. Ich denke: Wir hatten Krach, Süley. Was willst du hier?

»Was willst du hier?« Ich lege mich der Länge nach aufs Bett und setze mein Dann-streng-dich-mal-an-ich-bin-ganz-Ohr-Gesicht auf.

»Du tust immer, als wäre ich …« Er wartet, weil er will, dass ich den Satz beende.

Ich starre weiterhin an die Decke. Ich höre nur zu, versuche ich mit meinem Gesicht zu sagen. Obwohl ich überhaupt nicht weiß, ob das geht und wie man das macht.

»Als wäre ich …«, versucht er noch mal.

»Als wärst du was, Süley? Als wärst du was?«

»Als wäre ich … ein Schlappschwanz.«

»Ein Schlappschwanz?« Ich muss darüber lachen. Nicht echt lachen. Es ist geschmacklos und unfair, aber das ist mir egal. »Süley, der Schlappschwanz!«, sage ich. »Schlappschwanz Süleyman!«

»Hör auf!«

»Was machen wir, Schlappmann, eh, Süleyman?«

»Du tust immer, als wären wir minderwertig.«

Wir. Das sagt er natürlich, weil ich mich auch über seine Schwester lustig gemacht habe. »Weil ich nicht glaube, dass deine Schwester was mit Jeroen Vanhoof von der Zweiten hat?«

»Ja.«

»Nun ja, dann glaube ich es. Wenn es dich glücklich macht.«

»Du meinst es nicht wirklich.«

»Doch.«

»Nein.«

»Es ist mir übrigens scheißegal. Und wenn deine Schwester was mit dem Scheich von Ichweißnichtwas hat.«

»Ich kann es beweisen«, sagt er.

»Nicht nötig.«

»Aber dann glaubst du es wirklich.«

»Nicht nötig.«

»Aber …«

»Hast du ein Foto gemacht?«, frage ich. »Hast du Schnappschüsse gemacht, während deine Schwester und Jeroen eine Nummer schoben?«

»Nei-ein«, sagt Süleyman.

»Wie kannst du es dann beweisen?«

»Sie liegen bei uns auf dem Sofa«, sagt er.

»Die Fotos?«

»Nein, Tabita und Jeroen.«

Ich zucke mit den Achseln.

»Nackt«, sagt er.

Bei diesem Wort würde mein Körper am liebsten hochschnellen und mein Mund sagen: Komm, das sehen wir uns an, aber mein Kopf begnügt sich mit: Lass dir nichts weismachen, Jef.

»Wir können kurz raufgehen, wenn du willst.« Süleymans Stimme zittert ein wenig.

»Süley, jetzt hör mal zu«, sage ich. Ich setze mich aufrecht hin. Das ist es wert. »Man geilt nicht auf die Mutter seines Freundes, wenn ich das überhaupt mal war. Und man geilt auch nicht auf seine eigene Schwester.« Ich würde mich gern wieder hinlegen, denn das wäre sehr effektvoll, aber damit würde ich einen Schritt zurück von Tabita machen, die angeblich nackt auf dem Sofa liegt.

»Das tue ich auch nicht, Mann!«, blafft Süleyman. »Du verstehst immer alles falsch.« Er bläst Luft durch die Nase.

»Was gibt's denn hier zu verstehen?« Ich werfe die Hände in die Luft und steige vom Bett. Ich krame ein wenig auf meinem Schreibtisch herum und warte auf Süleyman, der *Na ja, dann eben nicht* sagen wird.

»Und wo ist der Rest deiner Familie?«, frage ich.

»Weg. Kleider kaufen.«

»Ach, dann können wir genauso gut …«

»Doch gucken?«, höre ich ihn sagen.

Aber ich antworte nicht. Ich stehe schon im Gang.

»Irgendwas fehlt mir hier«, sage ich, als wir im elften Stock angekommen sind. Ich steige über die Beine von Sjoerd, dem Asphaltmann. Der wird so genannt, weil er Penner ist und immer auf dem Asphalt gelebt hat. Seit es jedoch in Zikkurat, vor allem ab der neunten, am meisten jedoch auf der elften und zwölften Etage, zur Gewohnheit geworden ist, dass manche Leute im Gang leben, hat Sjoerd eine Unterkunft an der Wand gefunden, schräg gegenüber der Tür von Süleymans Wohnung. Ich bleibe mit der Spitze meines Turnschuhs hinter einem Bein von Sjoerd, dem Asphaltmann, hängen, was ein blechernes Husten bei ihm auslöst, durchzogen von ein wenig Gemurmel. Hinter einer Tür fängt ein Hund an zu bellen und hinter einer anderen ertönt Kindergekreische.

»Das fehlte mir«, sage ich zu Süleyman. »Es war so still.«

Ich tue, als hätte ich mir wirklich Sorgen gemacht.

»Es ist hier schon viel stiller geworden.« Süleyman sieht mich giftig an. »Und es ist auch viel ordentlicher.« Mit beiden Händen zeigt er auf die Wände links und rechts von uns. »Die Wände sind gestrichen worden und es gibt jetzt für jede Wohnung eine Nummer.« Er zeigt auf seine eigene Tür, an der eine knallrote 8 prangt.

»Wow«, sage ich. Viel lauter als nötig, nur um ihn zu ärgern. Dadurch schlägt der Hund wieder an. Süleyman wirft einen Blick auf die Tür, hinter der sich der Kläffer verbirgt, und flucht.

»Was ist?«

»Die sind in Zukunft verboten.« Er zeigt auf sein Ohr um anzudeuten, dass nicht nur die Hunde selbst, sondern bereits der Lärm nicht mehr erlaubt ist.

»Wirklich?«

Er nickt. »Anscheinend sind zwei gestorben, so dass nur noch dieser eine übrig ist, und die Elfte-Etage-Kommission hat beschlossen, dass Haustiere, wie es auch in der ursprünglichen Hausordnung stand, verboten sind. Nur dieser hier muss noch sterben. Nun ja, weg.«

Ich muss so laut darüber lachen, dass er mir den Rücken zuwendet.

»Die Elfte-Etage-Kommission?«, sage ich.

»Halt die Klappe«, sagt Süleyman.

»Du klingst, als wärst du der Vorsitzende«, sage ich. »Die ursprüngliche Hausordnung«, äffe ich ihn vor Lachen hickend nach. Und um ihn noch mehr auf die Palme zu bringen, halte ich mich –

natürlich völlig übertrieben – an der Wand fest. Aber während ich das tue, fällt mir ein, dass die Wand womöglich noch nass ist, und ich steigere mich so sehr in diesen Gedanken rein, dass ich mir meine Handflächen ansehe, um zu schauen, ob keine Farbe daran ist. Und in diesem Moment höre ich Süleymans Tür zufallen. Der ganze Gang bebt. Der Hund bellt und das Kind kreischt. Sjoerd lässt einen Furz, oder etwas anderes, es kann auch etwas sein, das aus seinem Mund kam. Bei Sjoerd weiß man das nie so genau.

Shit, denke ich. Wenn Tabita wirklich nackt auf dem Sofa liegt, habe ich es mir jetzt vermasselt.

9 Mexiko / Das Kind kann nicht wollen

Unsere Küche riecht nach Salami, Brot, rohem Fleisch, Fisch und frischem Gemüse. Das muss gleich alles von den Mitgliedern des Clubs deutscher Messer geschnitten werden. Der Chefkoch wird Mama und den anderen vormachen, wie man die Lebensmittel am besten mit dem Messer schneidet, das er dafür ausgewählt hat. Weil es nämlich – ebenso wenig wie es egal ist, welches Messer man benutzt – auch nicht egal ist, wie man damit umgeht. Mit dem einen Messer schneidet man am besten von vorn nach hinten, mit dem anderen genau umgekehrt. Das eine Messer eignet sich eher zum Hacken, mit dem anderen kann man besser Stücke schneiden.

Er wird auch zeigen, wie man die Messer, die sie heute behandeln, schärfen soll. Mit einem Wetzstahl oder ohne Wetzstahl, mit einem Hand-Messerschärfer zum Durchziehen oder einem Diamantwetzstahl oder einem ganz normalen, altmodischen Schleifstein. Wenn noch Zeit bleibt, wird der Koch die Messer auch noch auf einem Lederstreifen abziehen.

Schließlich kommt die Pflege der Messer an die Reihe. Dürfen sie in die Spülmaschine oder nicht, können sie überhaupt Reinigungsmittel vertragen und wie soll man den Griff behandeln, denn das hängt vom Material ab. Das kann Holz sein oder Kunststoff, Metall oder sogar Silber.

Das Treffen endet dann mit der Zubereitung der geschnittenen Lebensmittel, denn Essen wegzuwerfen ist Sünde. Alle Mitglieder nehmen einen Teil der Gerichte mit nach Hause, denn zum Aufessen langt die Zeit nicht, weil ein Treffen nie länger als zwei Stunden dauert und manche noch eine ziemlich weite Rückfahrt haben.

Mama hat viel zu tun. Aber anders als sonst. Sie hat viel zu tun, weil der Club kommt. Nicht mit Iene oder mit mir. Heute ist es, als würde es Iene und mich nicht geben. Sogar Harry lässt sich nicht blicken. Mama überprüft alle halbe Stunde ihre Liste und murmelt dabei laut vor sich hin. Jedes Mal notiert sie wieder etwas am Rand, streicht es durch, denkt nach und schreibt es dann doch wieder hin. Sie hat ihr Wüsthof-Messerset aus dem Schrank genommen, alle Messer aus der Rolltasche geholt und sie mit drei verschiedenen Tüchern poliert. Das große Messer, das Wüsthof Grand Prix 2, sogar zwei Mal.

Als es fast halb drei ist, macht sie immer mehr Dinge bei mir und Iene in der Nähe. Sie stößt gegen mich. Ihr Ellbogen berührt Ienes Stuhl und sie tritt mir drei Mal auf die Füße. Sie schaut ständig auf die Uhr und seufzt und pustet wie eine Maschine. Welche, weiß ich nicht, aber ich könnte wetten, dass es solche Maschinen gibt. Jedenfalls geht sie mir mächtig auf die Nerven.

Als ich Iene möglichst auffällig aus der Küche schiebe, spüre ich Mamas Hand in meinem Nacken. Aber ich gehe einfach weiter. Sie folgt mir in den Flur. Ich tue, als würde ich nichts merken, und ziehe mir meine Jacke an.

Mama zieht Iene eine Jacke an.

»Bis gleich«, sagt sie, als wir schon im Gang stehen.

»Ja, bis gleich.« Ich sehe sie nicht an.

»Wohin gehst du?«, höre ich hinter mir. Ich bin schon fast am Aufzug.

Ich zucke mit den Schultern. Wen interessiert das?, will ich damit sagen.

»Mexiko«, sage ich.

Mama lacht, aber es sieht aus, als täte ihr etwas weh. Eine Schnittwunde.

Genau richtig.

Ich gehe mit Iene zum Glasflaschenfeld. Es geht ein leichter Wind.

»Zum Glück«, flüstere ich ihr ins Ohr

Als wir angekommen sind, legt sich der Wind plötzlich. Iene hängt wie eine Stoffpuppe in ihrem Stuhl. Ihre Arme liegen wie Schläuche auf ihrem Tisch.

»Los, Wind!«, rufe ich. Nichts passiert. Auch nicht mit meiner Schwester.

»Wind!«

Ich nehme einen Stock vom Boden und ticke gegen die Flaschen, an die ich heranreiche. Ich nehme noch einen Stock. Jetzt spiele ich Schlagzeug.

»Ich bin Schlagzeuger, Iene!«

Flaschen mit einer kleinen Birne klingen anders als die mit einer großen Birne. Als ich ein paarmal gegen einige Flaschen geschlagen habe und weiß, wie sie klingen, kann ich Lieder damit spielen.

»Iene, hör mal zu!« Erst versuche ich etwas zu spielen, was ein wenig klingt wie *Bruder Jakob*, aber schon bald gehe ich zu eigenen, wilden Kompositionen über, die ein wenig an die Lieder auf den Platten erinnern, die Mama sich früher anhörte, als es Iene und mich noch nicht gab, und die wir jetzt immer hören, wenn Mama die Platten abstaubt. Punk.

»Punk, Iene!«

Die Flaschen mit ihren Birnen wiegen sich, als wäre Sturm. Meine Stöcke klatschen auf das Glas und prügeln die Blätter an den Ästen, die abbrechen oder abfallen.

Iene hat die Wange auf ihren Tisch gelegt. Sie mag meine Musik. Sie hält sich eine Hand über den Kopf. Sie will ein Blaulicht nachmachen oder so, was für sie Tanzen bedeutet.

»Ich helf dir, Iene.« Ich nehme ihre Hand und versuche, den Stoff abzumachen. Ich bin so aufgeregt von dem Schlagzeugkonzert und weil Iene es sich anhört, dass ich die blöde Schnur nicht aufkriege. Ich lege meine Stöcke auf den Boden.

»Nur ganz kurz, Iene.«

Mit beiden Händen ziehe ich den Stoff weiter auseinander, als er verträgt. Die Nähte des Lappens reißen wie das Seil um ein festgebundenes, aber bärenstarkes Monster, das sich selbst befreit.

»Mach nur, Iene.«

Mit ihrer anderen Hand tue ich dasselbe. Die Lappen werfe ich weg, so weit ich kann, aber weil sie so leicht sind, wirbeln sie wie Blätter auf dem Boden vor meinen Füßen. Ich trete darauf, als wären es Zigarettenstummel, die – wenn ich nicht aufpasse – das ganze Feld in Brand stecken können. Ich spiele weiter. Nach einer Weile finde ich den Gedanken, dass die Flaschen womöglich unzerbrechlich sind, interessanter als meine Komposition. Aber ich habe falsch gedacht. Die erste Flasche zerbricht. Erst entsteht ein Riss mit Adern, die sich vom Flaschenhals bis fast zum Boden ziehen. Unter meinem vierten Schlag zerbricht die Flasche in große Stücke. Die Birne hat einen Sprung und tränt.

Ich lasse mich auf den Boden sinken. Neben Iene. Neben ihre Hand, die vom Tisch geglitten sein muss. Ich schaue nicht rauf, zu ihrem Gesicht. Vielleicht ist sie tot, denke ich plötzlich.

Iene ist eine Birne in einer Flasche. Wenn man die Birne mit Gewalt befreit, stirbt sie. Vielleicht habe ich dasselbe mit ihr gemacht, als ich ihre Hände erlöste. »Lass die Lappen drum«, sagte Mama heute Morgen.

Selbst schuld. Es war ihre Idee, dass ich Iene mitnehme.

Ich werfe meine Stöcke zwischen die Bäume und lege mich der Länge nach auf den Boden.

Mit gespreizten Fingern streiche ich durch das Gras, als würde ich einen Hund gegen den Strich streicheln. Ich stelle mir vor, hier zu warten, bis Iene etwas sagen wird, zum Beispiel, jetzt sei sie aber mal an der Reihe, und dass sie es kann, etwas sagen. Gleichzeitig denke ich auch, dass ich nur fantasiere und Mama sagt, Fantasie ist etwas Wunderbares. Weil sie vieles möglich macht. Auch, wenn es nur im Kopf ist.

Ich finde, gerade dadurch macht sie vieles unmöglich.

»Hier sitzen wir nun, Iene«, sage ich.

»Nicht, weil wir wollen«, antwortet sie, stelle ich mir vor.

»Wir mussten einfach.«

»Wegen dieses blöden Clubs!«

Als hätte Iene das wirklich gerufen, fliegt ein Fasan aus dem Wald auf, der uns umgibt wie eine Menge schaulustiger Leute ein Spektakel auf einem Platz.

»Zum Glück ist es ja nur dieses eine Mal, Iene«, sage ich. »Nicht, dass es mir hier nicht gefallen würde, aber wenn es nach Harry ginge, säßen wir hier den Rest unseres Lebens. Weg von Mama. Am liebsten wäre ihm sogar, Mama würde hier auch sitzen. Dann könnte er in aller Ruhe unsere Wohnung leer klauen.«

»Stimmt!«, sagt Iene.

Wir sagen eine Weile nichts. Ich höre Geraschel zwischen den Bäumen. Es kommt ein klein wenig Wind auf, aber nicht genug, um die Flaschen zum Klingen zu bringen.

»Süley hatte Recht«, sage ich. »Auch wenn er ein Flachwichser ist, er hat wirklich Recht, wenn er sagt, Harry würde nicht mehr zu uns kommen, wenn er von den Morden an Mamas Männern wüsste.« Ich lächle. »Süley ist ein Schlappschwanz, aber …«

Ich höre, wie Iene einen Seufzer durch ihre Nasenlöcher jagt. Als ich zu ihr raufschaue, sehe ich, dass sie die Kiefer fest aufeinanderklemmt, als hätte sie etwas zwischen den Zähnen, aus dem sie das letzte bisschen Leben beißen wollte.

»Oder gefällt dir Süley vielleicht?«, frage ich. »Guckst du darum so sauer, Iene?«

Ienes Gesicht verändert sich nicht. Ich meine, sie lächelt nicht plötzlich oder wird rot, weil ich das sage. Sie reagiert nur auf Stimme, nicht auf Inhalt.

»Gefällt dir Süley vielleicht ganz gut, Iene?« Ich streichle mit einem Finger über die Äderchen auf dem Rücken ihrer Hand, die neben mir hängt wie der Kopf einer gerade geschossenen Ente, die im Schuppen des Jägers baumelt. Noch zu warm zum Rupfen.

»Na ja, er ist zwar ein Schlappschwanz, aber hässlich ist er nicht«, sage ich. »Er hat große, braune Augen und gute Haare.«

Gerade als ich noch was über Süleyman sagen will, fängt es an zu regnen. Das passt genau. Erst ein paar dicke Tropfen auf meine Nase, meine Stirn und den Kragen meiner Jacke. Sie bohren Löcher in die Luft für die feineren, aber messerscharfen Tropfen, die sich auf meinem Gesicht ganz kalt anfühlen und sich wie hinabtauchende Aasgeier auf meinen gesamten Körper, das Gras, die Bäume und Iene stürzen.

Das Geräusch des Platzregens auf den Glasflaschen der Bäume um uns herum ist etwas, das vielleicht keiner kennt. Nur wer schon mal selbst mit einem Glas unter der Dusche stand, hat eine verdünnte Vorstellung davon, was Iene und ich jetzt hören.

Das Regenwasser fällt in dicken, langen Fäden von Ienes schlappen Fingern auf meinen Arm.

Ich sehe ihr ins Gesicht. Sie beißt auf Wasser, das ihr von den Wangen und Lippen in den Mund läuft. Ihr feines Haar klebt auf ihrer Stirn.

»Wir gehen, Iene.« Ich stehe auf und will sie schieben. Der sumpfige Sand verschluckt ihre Räder. Bei jedem Schritt steigt Dampf aus dem Boden auf zu meinen Waden. Der Geruch der Erde macht mich schwindlig.

Ich lasse den Stuhl los und sinke in das klatschnasse Gras. Sofort saugt sich der Stoff meiner Hose voll. Sogar meine Beine scheinen sich vollzusaugen.

Er gießt, wie es noch niemals gegossen hat. Als würde es nie wieder aufhören.

In einem Film würde es jetzt so weitergehen: Die Kamera fährt höher und höher bis weit über das Glasflaschenfeld hinaus. Man sieht Iene und mich auf dem offenen Feld und die Bäume drum herum. Wir bewegen uns nicht. Wir sind hier einfach und lassen den Regen gewähren. Er tut uns nichts. Dann würde eine Melodie erklingen, eine traurige Geige oder eine Harfe. Oder ein Klavier, das ginge auch. Auf jeden Fall würde sich die nächste Szene in der Küche oder im Wohnzimmer abspielen. Dort ist es warm und wir haben schon längst trockene Sachen angezogen. Wir trinken Kakao und unsere Mutter steht am Herd. Ich meine: Die hässliche Szene, in der wir nach Hause kommen und zur Schnecke gemacht werden, weil wir lebensgefährlich nass geworden sind, die wird nicht gezeigt, es gibt sie nicht mal.

Bei uns gibt es sie aber.

Ich bin vier Stunden weggeblieben. Nicht, dass ich das gewusst hätte, aber Mama sagt es. Was sage ich: Sie schreit es!

Harry steht kopfschüttelnd hinter ihr und schaut zu Iene, als hätte ich sie umgekehrt herum in ihren Stuhl gesetzt.

»Wie kannst du nur!«, sagt Mama. Sie streicht Iene das Haar aus dem Gesicht und kneift dann in die Ärmel ihrer Jacke, um zu fühlen, wie ungeheuer nass die ist, obwohl man es ganz einfach sieht. Die Jacke ist schmutzig braun vor Feuchtigkeit statt grasgrün.

»Zieh ihr die nur schnell aus«, sagt Harry. Worauf Mama den Reißverschluss öffnet und dann Ienes durchgefrorene Arme, die sich kaum mitbewegen, so als wären sie versteinert, durch die Ärmel zwängt.

»Willst du, dass sie sich den Tod holt oder so?«, fragt Mama. »Das Kind ist völlig durchnässt!«

Ich auch, denke ich, aber das wird wohl was anderes sein. Iene ist ein Baby und Babys vertragen weniger Wasser als Jugendliche und mir fällt plötzlich eine Redewendung ein: Das Kind mit dem Badewasser ausschütten. Auch, wenn das gar nichts damit zu tun hat.

»Ob du willst, dass sie sich den Tod holt?«, ruft Mama.

»Nein«, murmele ich. Ich wusste nicht mal, dass sie wirklich eine Antwort wollte.

»Konntest du dich nicht unterstellen?«, fragt Harry.

Ich antworte nicht.

»Ob du dich nicht unterstellen konntest?«, schreit Mama.

»Wir waren auf dem Glasflaschenfeld. Da kann man sich nicht unterstellen.«

»Unter den Bäumen kann man sich unterstellen«, sagt Harry.

»Was weißt du denn schon?«

»Halt den Mund«, sagt Mama verbissen. Ihr Handrücken ist nah vor meinem Gesicht, aber sie überlegt es sich anders. Dann schaut sie zu Harry, weil er jetzt sieht, dass sie fast ihr Kind geschlagen hätte.

Er zuckt mit den Schultern, schiebt die Hände in die Hosentaschen und geht um den Küchentisch, als gehörte er ihm.

»Du hast die Lappen von ihren Händen genommen«, sagt sie. »Warum?«

Ich zucke mit den Schultern.

»Warum?«

»Weil sie das wollte.«

»Das Kind kann nicht wollen«, sagt Mama.

»Das kann sie wohl«, sage ich. »Jeder kann etwas wollen.«

Mama nickt heftig. »Richtig«, sagt sie. »Ich würde auch so viel wollen.«

Ich denke: Es geht um Iene.

»Was hast du damit gemacht, Jef?«, fragt sie.

»Sie wollte tanzen. Mit den Händen.«

»Das frage ich nicht. Was hast du mit den Lappen gemacht?«

»Nichts. Verloren.«

»Verloren?«

»Ja.«

Mama schüttelt den Kopf. Sie presst die Lippen aufeinander. »Ich halte es hier nicht mehr aus«, sagt sie zu niemandem im Besonderen. Sie konzentriert sich auf Ienes Strümpfe, die sie ihr auszuziehen versucht, die aber an Ienes nassen Beinen und Füßen kleben, und sie konzentriert sich auf ihre Tränen, die sie nicht kommen lassen will. Nicht, wenn sie so nah bei Iene ist. Nicht, wenn schon so viel Wasser da ist.

Sie schüttelt den Kopf noch heftiger und zieht die Nase hoch, denn so hält man Tränen zurück. Ihr Gesicht ist rot. Ienes Strümpfe sind inzwischen einen Fuß länger geworden, weil Mama wie eine Verrückte daran zerrt. Dabei sagt sie immer, ich soll meine Strümpfe vom Bündchen her runterschieben und nicht an der Spitze rumziehen, weil sie sonst so ausleiern.

»Komm, ich helf dir«, sage ich, weil ich nervös davon werde. Ich bücke mich, um Iene ihre Strümpfe auf die richtige Weise auszuziehen, aber Mama schiebt mich mit dem Ellbogen weg, fester als ich es je von ihr erwartet hätte.

»Lass das«, sagt sie. »Du hast schon genug angerichtet.«

»Ich musste!«, rufe ich.

»Was musstest du?«

»Mit Iene weggehen. Du wolltest sie nicht hierhaben! Du hast nicht gesagt, das gilt aber nur, wenn die Sonne scheint und die Vöglein zwitschern.«

»Du bist vier Stunden weggeblieben!«, ruft Mama. Sie hält vier Finger hoch. »Vier Stunden!«

»Habe ich nicht gemerkt.«

»Verdammt, Jef«, zischt sie zwischen den Zähnen. Sie zieht Ienes Strumpf mit einer einzigen Bewegung von Ienes Fuß, als hätte sie das Gefummel von gerade nur vorgetäuscht. »Du weißt, wie empfindlich sie ist. Das Kind hat im Nu eine Lungenentzündung.«

Wie sie *das Kind* sagt, klingt es, als wäre es nicht ihres. Als gehörte Iene noch weniger zu ihr als der Tisch zu Harry.

»Ah, Mam! Du tust so, als würdest …«, sage ich, aber den Rest verschlucke ich.

»Als würde ich was?« Sie knüllt die Strümpfe zusammen und kneift hinein wie in einen dieser Stressbälle.

»Was, Jef?«

»Sie muss aus den nassen Sachen, Schatz«, sagt Harry am Tisch.

»Das weiß ich auch!«, ruft sie ihm zu. Und dann zur Decke gewandt: »Ich weiß gottverdammt noch mal, was ich tun muss!«

»Als würdest du sie nicht mehr wollen«, sage ich ganz schnell, aber mehr zu mir selbst, weil ich es gedacht hatte und es einfach raus musste. Nicht, weil ich es unbedingt noch sagen wollte.

Mama hat es gehört. Ihr Kiefer fällt herab. Wirklich, er fällt buchstäblich herab.

Ich will von ihr wegschauen, aber ihr Blick hält mich fest, als wäre mein Kopf in einen Schraubstock geklemmt. Außerdem wüsste ich nicht mal, wohin ich schauen sollte: links zu Harry, den ich lieber nicht sehe, oder rechts zu Iene, die durch meine Schuld, nun ja, teilweise durch meine Schuld, lebensgefährlich nass geworden ist.

Die Tränen, die Mama zurückgehalten hat, kommen jetzt alle mit einem Mal heraus und legen sich wie eine glänzende Haut über die untere Hälfte ihrer Augen. Sie schließt den Mund. Eine Träne rinnt auf ihre Oberlippe. Es kann auch Schnodder sein. So durchsichtiger Schnodder, den man hat, wenn man weint. Sie schluckt. In ihrem Hals knackt etwas.

Sie sagt: »Ganz kurz nur.« Sie nickt, weil sie die Wahrheit so schlimm findet. Ganz kurz nur hätte sie Iene nicht mehr gewollt.

Sie wirft einen schnellen Blick auf Iene und wendet die Augen sofort wieder ab.

»Ganz kurz nur«, wiederholt sie. »Und ich kann dir nicht sagen, wie lange ganz kurz ist.« Sie schaut mit zusammengezogenen Augenbrauen zu Harry, als würde sie eigentlich selbst nicht verstehen, was sie da sagt.

Ich folge ihrem Blick und sehe Harry langsam, aber sicher nicken. Das hast du gut gemacht, scheint er zu meinen.

Sie zieht die Nase hoch und sieht mich fest an. Sie wischt sich die Augen mit den Handrücken trocken, als wollte sie mich noch besser sehen. »Verstehst du das?«, fragt sie.

Was verstehen?, denke ich. Dass du nachplapperst, was Harry dir vorgesagt hat?

»Ob du das verstehst?«

Ich nicke, weil ich kein ›Ja‹ rausbringe.

»Dann ist es gut«, sagt sie. Sie stellt sich hinter Iene, wirft ihr die Strümpfe in den Schoß und geht mit dem Stuhl rückwärts aus der Küche. Sie gönnt Harry und mir keinen einzigen Blick.

Harry trommelt mit den Fingern auf dem Küchentisch und macht noch eine Weile damit weiter, als Mama schon mit Iene im Badezimmer verschwunden ist.

Ich stehe noch immer, wo ich stand. Meinen Kopf kann ich wieder bewegen, aber meinen Körper noch nicht.

»Setz dich«, sagt Harry.

Auch wenn ich denke: Sogar die Stühle gehören ihm, setze ich mich hin.

Harry trommelt noch ein wenig weiter, schaut seine sich bewegenden Finger an und ab und zu auch mich. Dann hört er auf und macht eine Faust, als würde ihn sein Tick selbst nerven. Er seufzt und sagt:

»Es wird ihr ab und zu alles ein wenig zu viel, glaube ich.«

»Das hatte sie früher nicht. *Glaube ich*«, sage ich ihm nach.

Er muss darüber lachen.

Ich beiße die Zähne zusammen und denke: Glaub bloß nicht, dass sogar alle Wörter der Welt dir gehören.

»Es gibt genügend Heime, in denen man sich gut um deine Schwester kümmern kann«, sagt Harry. Es kommt ganz flüssig aus seinem Mund, als hätte er es auswendig gelernt. Mama hat ihren Text aufgesagt, und das hier ist sein Part.

Er schaut auf eine Stelle auf den Kacheln zwischen den Hängeschränken und der Spüle und fängt wieder an, auf dem Tisch rumzutrommeln.

Ich muss mich beherrschen, seine Hand nicht, so feste ich kann, mit meiner flach auf den Tisch zu klatschen.

»Hör auf«, sage ich.

»Womit?«

Ich finde die Frage dumm. Ich denke: Zu atmen? Aber gleichzeitig wird mir klar, dass ich gar nicht zu seinen trommelnden Fingern geschaut habe, sondern tief und wütend in seine Augen. Ich habe mich dafür sogar anders hingesetzt.

»Mit dem … was du tust!«, sage ich, so laut, dass ich fast rufe.

Harry seufzt tief, um nichts sagen zu müssen.

Ich stehe auf und schubse meinen Stuhl mit der Ferse meines linken Fußes ein Stück zurück. Der Stuhl fällt um. Harry schaut hin.

»Mach es nicht noch schwieriger, als es ist, Jef«, sagt er.

»Schwierig? Nichts war schwierig!«, sage ich.

Harry lächelt, so schwach, dass es aussieht wie ein Nervenzucken. Dann schüttelt er den Kopf, wie Lehrer es manchmal tun.

Ich rede mit ihm, wird mir plötzlich klar. Ich rede einfach mit diesem Kerl! Als ich es zum dritten Mal still für mich wiederholt habe, ist Harry aufgestanden, ohne dass ich es mitbekommen hätte. Ich meine, er steht plötzlich ganz nah vor mir. Wie groß er ist, schießt mir durch den Kopf. Zu groß für meine Mutter.

»Du wirst dich doch langsam daran gewöhnen müssen, Jef«, sagt er leise. Er schaut mir eindringlich in die Augen, als wollte er bis zur Innenseite meines Hinterkopfes sehen, und sagt: »An mich.«

Ich denke: Er weiß einfach, was ich denke. Dieser Mistkerl weiß einfach …

»Deine Mutter und ich lieben uns«, sagt er, noch ehe mein Gedanke ganz fertig ist. Er legt mir die Hand auf die Schulter. »Versuche, dich daran zu gewöhnen.« Er zwinkert mir zu, geht zum Kühlschrank und nimmt Butter und Käse heraus. Aus der Tüte auf der Anrichte nimmt er zwei Scheiben Brot und aus der Besteckschublade ein Messer. Er bestreicht das Brot mit Butter und belegt es mit Käse. Er summt, was er gerade eben getrommelt hat. Als wäre ihm meine Anwesenheit ganz plötzlich wieder bewusst, schaut er über die Schulter. »Möchtest du?« Er klappt das Brot zu.

Ich sage nichts.

»Oder lieber Schinken, Jef? Es ist auch Schinken da, wenn du willst.«

10 »Mein Vater?« Sein Adamsapfel bleibt zwischen zwei Stockwerken stecken. »Mein Vater!«, sagt er

Ich stehe vor Süleymans Wohnung. Das untere Loch der funkelnagelneuen, knallroten 8 an seiner Tür befindet sich genau auf der Höhe meiner Nase. Wenn ich sicher wüsste, dass keiner mich sehen könnte, würde ich die Nasenspitze da mal reinstecken, einfach nur um festzustellen, ob es solche Zufälle wirklich gibt.

Aber weil auf der elften Etage eigentlich immer jemand vorbeikommt oder durch einen Türspalt späht, klopfe ich ganz normal an. Gleichzeitig sehe ich, dass Süleymans Tür jetzt auch eine Klingel hat. Also klingle ich auch ein Mal. Hinter der Tür höre ich in der Ferne einen Gong. Ansonsten bleibt alles still. Ich klingle noch mal, aber es bringt keinerlei Bewegung in Süleymans Wohnung. Und nicht nur das, sogar im Gang ist es mucksmäuschenstill. Ich klopfe zum zweiten Mal. Nicht nur, weil ich reinwill, sondern auch, weil ich einen Hund bellen hören will. Ich klopfe noch mal, fester als nötig. Nicht, weil ich so gerne einen bellenden Hund hören will, sondern weil ich das Geräusch hier gewohnt bin. Der neue Lärm im elften Stock: Süleymans Gong und das fehlende Geräusch bellender Hunde, machen mich nervös. Ich klopfe noch einmal. Ich klingle. Ich klopfe, klingle, klopfe, klingle, klopfe und klingle. Ich rufe: »Süley!«

Nichts.

Ich warte und denke: Er stellt sich taub, solange er denkt, ich stehe hier noch. Und: Er hat etwas zu verbergen. Er hat seine Familie niedergemetzelt. Riesenkrach mit seinem Vater. Süleyman hat ein Messer genommen und seinen Vater erstochen und danach den Rest der Familie, wenn er schon gerade dabei war. So was hört man manchmal.

»Süley!«

Nichts.

Ich warte und denke: Ich muss dieses Mal länger warten.

Den Mund fast an die Tür gepresst sage ich: »Okay, dann gehe ich jetzt eben.« Und ich trete ein paarmal auf der Stelle. Still zähle ich bis zehn.

»Süley!«

»Hey, Süley!«

»Schlappschwanz!«

»Schlappschwanz Süleyman! Verdammt!« Ich trete gegen den Türpfosten. Die Nummer 8, die nur locker an die Tür geschraubt worden ist, klappert noch eine Weile nach. Noch ehe mein Kopf gedacht hat, ich könnte das bescheuerte, grelle rote Ding ja einfach abreißen (ich werde es ihm schon zeigen), fummeln meine Finger schon zwischen der Metallzahl und der Tür herum. Die 8 löst sich keinen Millimeter. Vielleicht ist sie mit irre langen Schrauben befestigt, die an der anderen Seite durch das Holz ragen, und Süleyman ist gestolpert, als er zur Tür wollte, und mit der Stirn gegen die Schrauben gefallen. Vielleicht ist er tot. So was hört man manchmal.

»Also gut, ich gehe dann mal«, sage ich, aber dieses Mal tue ich es auch wirklich. Als ich schon ein paar Schritte gemacht habe, überlege ich es mir anders und stelle mich mit der Nase in das Loch der 8. Vielleicht bekomme ich diese Chance nur ein einziges Mal.

Es passt genau. Ich brauche den Kopf keinen halben Zentimeter zu senken oder mich gerader als normal hinzustellen.

»Was soll das?«, höre ich hinter mir. Vor Schrecken flutscht meine Nase in das obere Loch.

Es ist Sjoerd, der Asphaltmann.

Ich betaste meine Nase und gucke mir dann meine Hand an, ob ich blute.

»Einbrecher!«, rufe ich plötzlich. Megalaut. »Einbrecher!«

Ich renne weg. Auch wenn es niemanden kratzt, was jemand wie Sjoerd, der Asphaltmann, sagt. Hinter mir höre ich ein feistes Lachen.

Weil ich stark vermute, dass Süleyman, wenn er nicht hier ist, bestimmt in der Nähe der Tür von Suza Moen sitzt, gehe ich zur dritten Etage.

Kein Süleyman. »Verdammt!«

Dann eben rauf zur vierten, wo Klumpfuß wohnt! Ich lege mir schon mal zurecht, was ich Süleyman gleich erzählen werde, denn Mama sagt, man muss immer erst im Kopf üben. Dann ist das Risiko auf Blöde-Sachen-Sagen am geringsten. Also denke ich: Süley, hör mal zu! Harry hat unsere Wohnung eingenommen! Er schmiert Brote und weiß, wo alles steht. Er ist der Chef, der alles bestimmt. Er bestimmt sogar, was meine Mutter sagt. Sie selbst versteht nicht die Bohne von dem, was sie sagt, weil er es ihr vorgesagt hat. Es ist ein wenig wie bei einer Prüfung, wenn man den Stoff dafür einfach auswendig gelernt hat. Man schreibt bei der Prüfung alles perfekt hin, aber hat nicht die blasseste Ahnung, was man da eigentlich schreibt. Danach weiß man nicht mal mehr, welches Fach es war. Ich werde dir erklären, was ich meine, Süley. Meine Mutter will unheimlich gern mal mit dem Messerclub nach Deutschland fahren, aber das wird sie nie machen, weil es nicht geht wegen Iene. Du weißt, warum, Süley. Meine Schwester lässt man nicht einfach allein. Und jetzt hat Harry ihr vorgesagt, sie soll Iene weggeben. Nicht ermorden oder so, aber weggeben. In ein Heim. Solche Heime gibt es. Da sitzen lauter zurückgebliebene

Kinder. Meine Schwester ist zurückgeblieben, Süley. Das wusstest du natürlich schon, aber du wusstest vielleicht nicht, wie das heißt. Vielleicht nicht mal, dass es dafür überhaupt ein Wort gibt. Zurückgeblieben. Also, so ein Heim ist also voll von diesen Kindern, weil niemand für sie sorgen will, ganz bestimmt nicht ein Leben lang, denn fast alle, die so ein Kind haben, sind wie Harry. Fast niemand ist wie meine Mutter. Sie geht mächtig gut mit meiner Schwester um, weißt du.

Aber seit er da ist, dieser Dreckskerl von Harry, hat meine Mutter die Situation immer weniger im Griff. Meine Schwester, Süley. Denn das ist meine Schwester, eine Situation. Harry will, dass meine Mutter sich nur noch um ihn kümmert, und dann sagt er auch noch, sie solle mit diesen Messerfreaks verreisen. Denn weißt du, Süley, das ist genau, was er will: Er will die Wohnung für sich allein. Er will alle Sachen wegbringen. Ich verstehe genauso wenig wie du, was meine Mutter an so einem Mistkerl findet. Er bringt alles weg und treibt alles auseinander: meine Schwester, meine Mutter und mich. Wenn Iene bald in so einem Heim hockt, Süley, dann darf ich sie nur am Wochenende ab und zu mal besuchen oder sie kommt mal einen Samstag nach Hause, denn so geht das, und ich sehe es ganz klar vor mir, dass sie dann wie ein viel zu großes Möbelstück mitten in unserer von Harry eroberten Wohnung steht. Ihre Hände in abgebundenen Waschlappen und mit Gurten um den Bauch.

»Das müssen wir verhindern, Süley«, sage ich. Es ist, als würde mich meine eigene Stimme aufwecken. Ich stehe auf der Treppe zwischen zwei Etagen. Vielleicht zwischen der fünften und der sechsten. Aber es könnte auch zwischen der zehnten und der elften sein. Es kann genauso gut in einem anderen Hochhaus sein, in einem anderen Dorf oder einem anderen Land.

Acht Stufen weiter sehe ich, dass ich wie geplant auf der vierten Etage stehe. Der Gang ist leer. Die Türen haben gelbliche Nummern aus Holz. Klumpfuß ist nicht zu sehen. Süleyman noch weniger.

Im Keller. Vielleicht sitzt Süley da und erzählt sich selbst Blödsinn. Könnte sein. Wenn man mit sich selbst spricht, weiß man sicher, dass immer jemand da ist, der einem zuhört. Das sagt Mama.

Ich beschließe, mit dem Aufzug zu fahren. Auf der dritten Etage hält er für einen Pakistaner. Auf der zweiten für ein Mädchen mit rosa gefärbten Haaren und einer Katze an der Leine. Sie alle glotzen, einschließlich der Katze, auf meine heftig pumpende Brust. »Gerannt«, sage ich.

Im Erdgeschoss renne ich zu der Tür, hinter der sich der Heizungskeller und Süleyman befinden. Das hoffe ich wenigstens. Aber der Heizungskeller ist leer. Bloß der Gestank ist da. Immer dieser ewige Gestank. Dieses Mal fällt er wie eine Decke über mich. Eine Decke, die jahrelang auf dem Dachboden gelegen hat und durch den Staub und die Rattenköttel und was weiß ich für Dreck jetzt das Doppelte ihres ehemaligen Gewichts hat. Der Gestank schneidet meinen Körper von der Luft ab. Mir wird klar, dass ich es keine zehn Sekunden hier aushalte, wenn ich mir nicht die Nase zukneife. Trotzdem bleibe ich stehen. Nicht nur das: Ich öffne den Container 1102–1110, in dem der Abfall der Wohnungen zwei bis zehn der elften Etage liegt. Ich lasse den Deckel nach hinten fallen, weil ich die Luftzufuhr zu meiner Nase jetzt mit beiden Händen absperren will. Ich atme nur noch durch den Mund. Dass der Gestank dann auf diese Weise in meinen Körper gelangt, und zwar auch noch ungefiltert, ist ein ekelhafter Gedanke. Aber dieser unerträgliche Gestank, der jetzt schon seit Wochen im Keller herrscht, muss eine Ursache haben, und die werde ich finden.

Ich nehme die linke Hand von der Nase, hebe vier Müllsäcke aus dem Container und stelle sie neben mir auf den Boden. Mit jedem Sack, den ich heraushebe, nimmt der Gestank zu. Ich huste, weil ich mich dann nicht übergeben kann. Auf dem Boden des Containers liegt jetzt noch ein Sack, der anders aussieht als alle anderen. Die Farbe und die Form sind auffällig. Es ist ein Sack fast ohne Inhalt, und gerade das lässt mich vermuten, darin könnte sich die Ursache für den Gestank befinden. Verdorbenes Fleisch, denke ich. Verfaulter Fisch. Übervolle Windeln, Zeugs aus Süleymans Wohnung, Kotze von Sjoerd, dem Asphaltmann. Scheiße.

Ich hebe auch diesen Sack aus dem Container. Er ist nur zur Hälfte gefüllt, aber doppelt so schwer wie die anderen, die neben mir auf dem Boden stehen.

Um meine Nase nicht loslassen zu müssen, trete ich die Unterseite des Sacks mit dem Schuh kaputt. Zerknülltes Papier fällt raus, aber es bleibt noch eine Menge in dem Sack zurück.

Es ist nicht das Papier, das so stinkt, denke ich. Das kann einfach nicht sein. Ich stelle meinen Fuß seitlich auf den Müllsack und ziehe mit der freien Hand an dem Knoten, mit dem er zugebunden ist. Der Sack zerreißt in zwei fast gleiche Hälften. Von Feuchtigkeit durchtränkte Stücke Zeitungspapier und Zeitschriften fallen mir vor die Füße. Ein dickes, verschnürtes Paket, das in dasselbe schmutzige Zeitungspapier eingewickelt ist, steckt noch im unteren Teil des Müllsacks. Mein Blick fällt auf einen Garfield-Cartoon. Dieser Kater ist aber auch überall.

Ich sehe mir den Cartoon flüchtig an – Garfield hat keine Lust, aus seinem Korb zu kommen und erteilt diesem blöden Hund den Auftrag, ihm Lasagne zu holen. Was danach kommt, verbirgt sich unter einem Fleck, der Finnland sehr ähnelt. Gestank hin oder her, ich sauge möglichst viel Luft in meine Lungen. Mit zusammengepressten Lippen und angehaltenem Atem ziehe ich die Schnur auf. Das Paket fällt auseinander. Der Inhalt bleibt bleischwer vor meinen Füßen liegen. Was ich sehe, füllt meinen Mund mit Feuchtigkeit, die weiter nach unten in meinen Körper gehört. Ich huste und spucke, aber ich übergebe mich nicht richtig. Als ich wirklich erkenne, was all die Wochen in einem Müllsack in Container

1102–1110 gelegen hat, vergesse ich den übermächtigen Gestank. Das eine Sinnesorgan hat das andere sozusagen besiegt.

Schließlich übergebe ich mich doch noch, aber in Container 1111–1119, denn ich will den ganzen Müll, so gut ich kann, wieder in 1102–1110 zurückstopfen.

Auf der Treppe nach oben übe ich: Süley, weißt du, was ich in dem Container gefunden habe, gegen den wir uns immer lehnen? Das glaubst du nicht. Ich habe entdeckt, woher der Gestank kommt. Du wirst es nicht für möglich halten!

Süley, hör mal, ich kenne noch etwas, das stinkt. Harry hat unsere Wohnung eingenommen. Er schmiert Brote. Er ist der Chef. Er bestimmt, was meine Mutter sagt. Sie versteht selbst nicht die Bohne davon. Ich werde dir erklären, was ich meine, Süley. Meine Mutter will nach Deutschland, aber das macht sie niemals. Jetzt hat Harry gesagt, dass Iene in ein Heim soll. Meine Schwester ist zurückgeblieben, Süley. Zurückgeblieben. Niemand ist wie meine Mutter. Sie geht so gut mit meiner Schwester um.

Aber seit Harry da ist, hat meine Mutter sie immer weniger im Griff. Harry will, dass meine Mutter sich nur um ihn kümmert, und dann sagt er auch noch, sie solle mit diesen Messerfreaks verreisen. Denn das ist genau, was er will: Er treibt alles auseinander: meine Schwester, meine Mutter und mich. Wenn Iene bald in so einem Heim hockt, Süley, dann darf ich sie nur am Wochenende mal besuchen oder sie kommt mal einen Samstag nach Hause, denn so geht das, und ich sehe es vor mir, dass sie dann wie ein viel zu großes Möbelstück mitten in unserer Wohnung steht. Die Hände abgebunden und mit Gurten um den Bauch.

»Das müssen wir verhindern, Süley«, sage ich.

Ich öffne unsere Wohnungstür. Im Flur ist niemand. Sieben Sachen, denke ich. Sieben Sachen auf einen Blick: Harrys Tennissachen, Mamas gelbe Clogs mit Gummisohle, Ienes Regenjacke, der

Sweater meines Trainingsanzugs, ein voller Korb mit frischer Wäsche, ein rot-gelb gestreifter Regenschirm und mein Rucksack.

Harrys Jacke ist weg. Mamas und Ienes Jacken sind weg.

Süley, weißt du, was ich in dem Container gefunden habe, gegen den wir immer lehnen? Das glaubst du nicht, Mann. Ich habe entdeckt, woher dieser elendige Gestank kommt.

»Du wirst es nicht für möglich halten, Süley!«, sage ich, als ich in die Küche gehe.

Ich kriege fast einen Herzinfarkt.

Ich stehe ihm Auge in Auge gegenüber. Er hockt neben dem Wäschekorb, der in einem Schrank unter der Spüle neben der Waschmaschine steht, und hält sich einen BH meiner Mutter gegen die Nase. In der anderen Hand hat er eine Unterhose, die er, während wir uns wie vom Donner gerührt anstarren, in seine Hosentasche stopft. Eine angefangene Handlung muss man zu Ende führen, wird er wohl denken.

Ich höre, wie ich zögernd seinen Namen sage. Als hätte ich ihn schon so lange nicht mehr gesehen, dass ich ihn kaum noch wiedererkenne. Kurzes Haar, Brille auf der Nase und einen Schnauzer darunter oder so.

Aber es ist Süleyman. Es ist einfach die Situation, in der ich ihn nicht wiedererkenne: Der Türke aus meiner Klasse, der im elften Stock wohnt, steht in unserer Wohnung mit Mamas Unterwäsche in seiner Hand und seiner Hosentasche.

»Jef … ich … Harry hat mich reingelassen«, stottert er matt. Sein Mund ist völlig trocken. Ich denke: Vielleicht klinge ich auch so, denn ich habe einen mindestens ebenso großen Schrecken gekriegt.

»Ich warte hier auf dich«, stottert er. »Ich dachte … ich warte hier auf dich.« Er schluckt mühsam, als würde Schlamm in seinem Hals feststecken.

»Was machst du hier?«, frage ich. Ich halte den Kopf ein wenig schräg und gucke, wie man wohl guckt, wenn man jemanden auf frischer Tat ertappt hat und sich also sicher ist, dass derjenige es getan hat, es jedoch noch einmal aus dessen eigenem Mund hören möchte.

»Harry hat mich einfach reingelassen«, sagt er noch mal.

Okay, denke ich. Harry ist ein Mistkerl, aber versuchst du jetzt, ihm die Schuld dafür zu geben, dass du Mamas Sachen klaust, einfach nur, weil er dich reingelassen hat?

»Echt wahr«, sagt Süleyman.

Ich sage: »Gut, dann hat er Beihilfe geleistet.« Denn so ist es. Ich denke: Verdammt, Harry ist kein Dieb! Plötzlich schießt mir ein anderer Gedanke durch den Kopf.

»Stiehlst du die Sachen meiner Mutter, Süley?«

»Ich …«, sagt er, aber weiter kommt er nicht.

Ich beschließe, ihm ein wenig zu helfen. Ich sage: »Süley, hast du die Ohrringe und die Seidenstrümpfe und die CDs meiner Mutter geklaut?«

»Ich …«, sagt er wieder. Er schwitzt immer mehr.

Ich sehe, dass er auf den BH schaut, den er immer noch festhält. Er wirft ihn, ohne zu zielen, genau in den Wäschekorb. Er macht den Schrank zu und reibt seine Hand und die Schuld an seiner Hose ab.

Verdammt noch mal, denke ich, während ich ihn mir ansehe, Harry ist kein Dieb.

»Deine Mutter, Jef …«, sagt er.

»Was ist mit meiner Mutter?«

»Na ja, sie ist großartig.« Er wirft sich in die Brust. Er ist stolz darauf, das zu finden und sich zu trauen, es zu sagen, sogar wenn ihm das Wasser bis zum Hals steht.

Sein Adamsapfel geht wie ein Aufzug auf und ab. Er weiß nicht, was ich darauf sagen oder tun werde.

Ich boxe ein Loch in die Luft zwischen ihm und mir. »Aber deshalb hast du nicht das Recht, ihre Sachen zu stehlen!«, rufe ich. »Und du lässt die Pfoten von meiner Mutter!« Ich boxe noch ein Loch.

»Hör zu, Jef. Ich finde deine Mutter großartig, aber ich hatte echt nicht vor, mit ihr … du weißt schon …«, stammelt er.

»Das will ich dir auch raten. Damit würdest du in die Zeitung kommen, Süley!«, sage ich lachend. »Du bist vier!«

»Vierzehn«, sagt er.

Woraufhin ich das Lachen auf meinem Gesicht, auch wenn es nur ein falsches ist, gegen einen eisigen Blick tausche.

Süleyman sieht es. »Ich meine …«, sagt er.

»Sei bloß still«, zische ich.

Er nickt, als würde sein Kopf unter Strom stehen.

»Ich frage dich noch ein letztes Mal, Süley. Hast du wirklich all die Sachen meiner Mutter gestohlen?« Ich verschränke die Arme hoch über der Brust, als wäre ich ein Ladenbesitzer, der ein Kind beim Klauen erwischt hat und sich selbst für einen echten Helden hält.

Denn so ist es auch. Süleyman ist ein Kind und unsere Wohnung ist mein Laden.

Erst recht, wenn Harry nicht da ist, schießt es mir durch den Kopf. Eine Sekunde nur, aber ich könnte mich selbst für diesen Gedanken schlagen. Erst recht, wenn Harry da ist, verbessere ich mich selbst. Harry hat hier überhaupt nichts zu sagen! Ich balle die Fäuste, was ganz von selbst geht, wenn ich mir Harrys Visage vorstelle, so dass es wirkt, als wolle ich Süleyman schlagen. Ich sehe, wie er schaut.

»Hat er dir die Tür aufgemacht, Süley?«

»Ja … Harry«, sagt er. Sein nervöses Nicken verrät, dass er glaubt, noch eine Chance zu haben, wenn er das nur hartnäckig genug behauptet. »Ich habe geklingelt …« Er sucht nach Wörtern.

»Und er hat aufgemacht.«

Süleyman nickt. So war es.

»Nun ja, dann ist er genauso schuldig wie du«, sage ich.

»Schuldig?«

»Schuldig, Süley«, sage ich und lass danach kurz die Lippen ploppen.

»Fuck.«

»Was wird dein Vater dazu sagen, Mann?«

Süleyman, der auf den Boden gestarrt hat, sticht seine Augen jetzt in meine. »Mein Vater?« Sein Adamsapfel bleibt zwischen zwei Stockwerken stecken. »Mein Vater!«, ruft er. Daran hatte er noch nicht gedacht. »Der bringt mich um!«

»Genau«, sage ich.

Er flucht auf Türkisch.

»Du kannst auch einfach sagen, dass er dich dazu gezwungen hat.«

»Er?«

»Harry.«

Sein Gesicht heitert sich auf. Bis er für sich selbst wiederholt hat, was ich gerade gesagt habe, Wort für Wort und mit genügend Zeit dazwischen, um jedes einzelne zu begreifen.

»Das glaubt niemand«, murmelt er. Inzwischen hat er vor Angst angefangen zu zittern. Was normal ist, wenn man seinen Vater kennt. Also nicht, dass er ein schlechter Mensch wäre oder so, aber man legt ihm besser keine Steine in den Weg, und um das zu verhindern, begibt man sich besser erst gar nicht in seine Nähe.

»Harry würde das nie zugeben«, jammert er.

»Was zugeben?«

»Dass er Beihilfe geleistet hat.«

»Ist doch egal, ihm glaubt hier eh keiner.« Ich schiebe es mit der Hand weg.

Süleyman schaut mich prüfend an. Er beginnt bei meinen Schuhen und hört bei meiner Brust auf. »Nicht?«

»Nein. Harry kann sagen, was er will. Nur wenn er mit sich selbst spricht, hört ihm jemand zu. Der Mann ist hier fremd. Fremder als du, und du bist Türke.«

Süleyman nickt. Sein Gesicht heitert sich wieder ein wenig auf.

»Er ist ein wenig wie Sjoerd«, helfe ich ihm noch.

»Der Asphaltmann?«

»Dem glaubt auch kein Mensch. Wenn der behaupten würde, ein Einbrecher hätte …« Den Rest verschlucke ich. Es geht hier um Süleyman.

Ich taste noch einmal nach meiner Nase und sehe mir meine Hand an.

Süley sieht es nicht. Er denkt nach. So sehr, dass er ohne Hilfe nie mehr zurückkommt. Er geht ständig über die Länge zweier Küchenbodenfliesen auf und ab. Dann bleibt er plötzlich stehen und sieht mich an.

»Was?«

»Also …«, sagt er, aber den Rest hat er schon wieder vergessen.

»Brauchst du dir wegen ihm keine Sorgen zu machen.«

»Gut«, sagt er mit einer Faust vor seinem Bauch. Er bläst den Rest der Luft aus seinem Körper.

»Wegen ihm nicht, das wenigstens nicht«, seufze ich.

»Was meinst du?« Süleymans große, braune Kulleraugen suchen meine Augen.

Ich setze mich in aller Ruhe auf einen Stuhl und hole übertrieben tief Luft. »*Ich* weiß es«, sage ich.

»Du«, kiekst Süleyman.

Etwa in Schulterhöhe zeige ich ihm meine offenen Hände. »Tja …«, sage ich. »Ich habe dich hier gerade erwischt.«

»Verpetzt du mich?«, ruft Süleyman mit hoher Stimme.

Ich zucke mit den Schultern und sehe ihn an, als wollte ich sagen: Was bleibt mir denn übrig?

Süleyman geht wieder auf und ab, aber dieses Mal nimmt er die

Gesamtlänge des Küchenschranks samt Spüle. »Natürlich verpetzt du mich«, sagt er.

»Das sind keine Kleinigkeiten, Süley.«

Er flucht. »Warum solltest du mich auch nicht verpetzen«, murmelt er.

»Weil du mir helfen wirst«, schnappe ich schnell zu. Ich stehe auf und schiebe meinen Stuhl mit viel Getöse zurück. Ich lege meine Hände sorgfältig vor mir auf den Tisch, um anzuzeigen, dass jetzt eine neue Phase unseres Gesprächs anbricht.

»Helfen?«

»Helfen, Süley.«

»Wobei?« Er hat vom Spülbecken bis zum Küchenschrank anscheinend eine Rinne in den Küchenfußboden gelaufen, in der er jetzt mit beiden Füßen feststeckt. Er steht da mit den Armen auf dem Rücken, wie ein alter Mann, und schaut über die Schulter in meine Richtung.

Wie jämmerlich ich ihn plötzlich finde. Wirklich so richtig jämmerlich. Aber ich muss durchhalten, denn ich habe einen Plan. In meinem Kopf hat sich alles, was geschehen ist, vermischt und sich zu einem schönen, glatten Ball geformt. Den muss ich nur noch ins Tor schießen und Süleyman wird mir dabei helfen.

Er muss mir helfen, denn seit ich in der Küche auf ihn gestoßen bin, ist Süleyman mein Sklave. So ist es. Und so wird es klappen.

»Wir müssen ihn davon abhalten.«

»Davon abhalten? Wen?«

»Hör zu«, sage ich.

Ich erzähle ihm die ganze Geschichte. Oder wenigstens fast. Ich beschränke mich darauf, dass Harry uns auseinandertreibt. Meine Schwester, meine Mutter und mich.

Basta!

Süleyman sieht mich an, als hätte ich überhaupt nichts erzählt.

»Wenn wir nichts tun«, sage ich, »sitzt meine Schwester bald in einer Anstalt und meine Mutter heiratet diesen Stümper von Harry.«

Ich stelle mich Süleyman genau gegenüber und bringe mein Gesicht auf seine Höhe. Ich lege ihm eine Hand auf die Schulter und sage: »Das wollen wir doch nicht, Süley?«

Er erwidert nichts. Er schluckt nur.

»Süley?«

»Nein, natürlich nicht. Aber …«

»Du musst einfach tun, was ich sage.«

Wieder schluckt er, aber er sieht mich gleichzeitig fast erwartungsvoll an.

Nachher hat er noch Spaß daran. Ich denke an einen Artikel, den ich mal gelesen habe, in dem stand, dass Hunde so sehr auf jede Art von Zuwendung aus sind, dass sie lieber geschlagen als in Ruhe gelassen werden. So ist es auch bei Süleyman.

»Ich werde dir was zeigen«, sage ich.

»Gut, gut.« Er ist schon unterwegs Richtung Tür.

»Aber erst …« Ich warte ein wenig.

Süleyman macht mit dem Kopf eine Vierteldrehung, um mich über die Schulter hinweg anzusehen. Als ich immer noch nichts sage, dreht der Rest seines Körpers mit. »Was?«

»Erst holst du die Unterhose aus deiner Tasche, Süleyman-Schlappschwanz. Ich hätte es gar nicht gern, wenn du dir gleich damit die Nase putzt.«

Erst tut er, als wüsste er einen Moment überhaupt nicht, wovon ich rede.

Ich zeige auf seine Hosentasche.

Er nickt und lacht. Erst zögernd, weil er sich fragt, ob es sich wohl gehört, und dann lauter, weil er sieht, dass ich mitlache.

Weil *ihm* das Lachen gleich vergehen wird.

»Was ist es, Jef?«, keucht Süleyman, als wir die Treppe nach unten stürmen. Durch seine Worte hindurch kann man hören, wie das Adrenalin durch seine Adern schießt.

Er denkt natürlich, dass wieder alles im Lot ist, weil er Mamas Unterwäsche zurückgelegt hat. So blöd ist er. Er denkt, das hier hat nichts mit dem Vorherigen zu tun. Ganz, ganz falsch.

Auf der Treppe zum zweiten Stock bleibe ich stehen. Süleyman knallt gegen mich.

»Pass doch auf, du Schafskopf«, sage ich. Ich packe ihn fest am Kragen seines Sweatshirts. »Wann hast du zuletzt was gegessen, Süley?«

Er sieht mich verständnislos an.

»Gegessen.« Ich führe eine imaginäre Gabel zum Mund und kaue auf Luft.

»Oh«, macht er. »Äh, vor anderthalb Stunden oder so?« Er fragt es, als müsste ich es wissen.

»Dann besteht die Chance, dass du alles wieder auskotzt, Süley«, sage ich trocken. Ich gehe weiter, aber er bleibt stehen.

Auf der untersten Stufe drehe ich mich um. »Worauf wartest du? Hast du Angst?«

Er macht etwas, das wie Kopfschütteln aussieht, aber dann wieder nicht. Genauso gut könnte ihm ein Tierchen ins Ohr gekrochen sein.

»Kommst du noch?«, rufe ich.

Als hätte er Gewichte in den Hosentaschen, kommt er langsam in meine Richtung.

»Ist es eklig, Jef?«

»Sehr eklig.«

»Igitt«, höre ich ihn sagen. Er muss selbst darüber lachen. Er wiederholt es auch noch: »Igittigitt.«

Als ich die Kellertür öffne, hört er damit auf.

»Du lieber Himmel!«

»Nicht zum Aushalten, was?«

»Mann!« Er greift nach seiner Nase.

Es stinkt jetzt natürlich noch hundertmal mehr, weil ich den Sack aufgemacht, den Inhalt herausgeholt und wieder zurückgestopft habe. Als würde man mit einem Stock in der Scheiße rühren.

»Container öffnen«, sage ich hinter vorgehaltener Hand.

»Was?«

»Aufmachen!« Ich zeige auf 1102–1110. »Jetzt!« Ich stoße Süleyman gegen die Schulter, wodurch er, ohne zu wollen, einen Schritt Richtung Container macht. Weil ich jetzt nämlich will, dass er aufhört zu denken, es würde spaßig werden.

Er reibt sich die Schulter und sieht mich wütend an, weiß aber, dass er nicht daran denken darf, etwas zu sagen.

Er öffnet den Deckel und lässt ihn nach hinten klappen. »Das ist verboten«, sagt er. »Weißt du das?«

»Genau wie Stehlen«, sage ich. »Steht in der Hausordnung der Elfte-Etage-Kommission.«

Süleyman will etwas sagen, überlegt es sich dann aber anders und macht eine Faust, die ich eigentlich nicht sehen soll.

»Hol die Müllsäcke heraus, aber dalli«, befehle ich. »Alle«, sage ich, als er die vier vollen herausgeholt und neben den Container gestellt hat.

Er schaut auf den Containerboden. »Den auch?«

»Ist das ein Müllsack?«

Er nickt. »Ein kaputter mit Papier drin oder so.«

»Sagte ich alle? Worauf wartest du dann?« Ich denke: Wenn ich einen Stock hätte, würde ich ihn schlagen.

Süleyman ist einen Kopf kleiner als ich und muss sich über den Containerrand hängen lassen, ihn sogar ein wenig kippen, um mit der Hand an den letzten Müllsack zu gelangen.

»Verdammt, dieser Gestank!«, ruft er. Er klingt dumpf mit dem Kopf im Container. Es bleibt eine Weile still. »Ich kriege ihn da nicht raus«, sagt er.

»Du musst beide Hände benutzen, Schlappschwanz.« Ich nehme seinen Arm, der noch aus dem Container baumelt, am Handgelenk und drücke ihn zwischen seinen Körper und den Containerrand.

»Lass das!«, ruft er.

Ich glaube, er weint.

»Zieh das Teil da raus. Jetzt!« Ich trete ihn in den Hintern. Im Nu, von Wut getrieben, denke ich, kommt er mit dem halben Müllsack samt Inhalt wieder zum Vorschein. »Wozu war das nötig?«, sagt er. In seinen Wimpern hängen Tränen.

Er lässt los, was er in den Händen hält, und fasst sich an den Hintern, während er sich gleichzeitig auch seine Hand ansehen will, die ich gegen die scharfe Kante des Containers gedrückt habe.

Der Müllsack fällt auf den Boden und die Papiertüte platzt auseinander.

Ich sehe, wie Süleyman guckt. Sein Unterkiefer klappt herunter. Er vergisst den Tritt und seine Hand schlagartig. »Igitt«, sagt er.

»Ja, igittigitt.«

»Das …« Er zeigt darauf.

»Ja?« Ich sehe ihn amüsiert an. »Was ist das?«

»Das ist Bruno!«

»Sein Körper, meinst du wohl. Da liegt sein Kopf.«

»Der Hund des Zeitungsklauers!«, fasst Süleyman zusammen. Er hält sich jetzt auch die Hand vors Gesicht. Nicht gegen den Gestank, sondern weil ihn wirklich bewegt, was er da sieht.

Ich sehe, wie er die Rippen betrachtet, die durch das Fell des Tieres stechen, die herausgequollenen Eingeweide, den blutigen Stumpf, wo mal der Kopf saß. Dann den Kopf, der bis zum Maul aufgerissen ist, wodurch es aussieht, als sei Bruno lachend gestorben.

»Pfui Teufel«, sagt Süleyman.

Meine Beine zittern.

11 Wenn es drauf ankommt, Süleyman, machen sie dich fertig / Nicht diese Liebe, du Hund!

»Ich mach nicht mit.« Süleyman schnappt nach Luft, als hätte ich ihn eine Minute lang im Würgegriff unter Wasser gehalten.

Dabei habe ich nur erzählt, was ich mit ihm und dem Tier vorhabe.

»Du musst, Süley.«

»Warum?«

»Weil ich etwas weiß, was keiner wissen darf.«

»Nun ja …« Im Kopf wägt er einige Dinge gegeneinander ab. »Dann erzähl es eben.«

»Dein Vater, Süley. Dein Vater!«

»Och …« Er ballt die Hände zu Fäusten und stampft auf. Sein Kinn zittert.

»Und ich glaube auch nicht, dass sie im plötzlich-so-sauberen-elften-Stock einen Dieb auf der Etage wohnen haben wollen.«

»Einen Dieb«, murmelt Süleyman.

»Und was für einen! Die Ohrringe meiner Mutter sind aus Gold und sie hat sie von ihrer Urgroßmutter geerbt, Süley. Dafür landest du in der Zelle. Wusstest du das? Und die Elfte-Etage-Kommission wirft dich womöglich in den Liftschacht. Du bist nicht mehr als ein Hund, der die Gegend verseucht. Wenn es drauf ankommt, Süleyman, machen sie dich fertig. Wusstest du das?«

»Du übertreibst immer so«, sagt er unsicher.

»Meine Mutter …« Ich warte auf seine Reaktion.

»Was ist mit deiner Mutter?«

»Die bringt ihren Mann um, wenn er ihr in die Quere kommt. So läuft das.« Ich reibe meine Handflächen gegeneinander, wie man es macht, wenn Sand daran klebt oder wenn man sich irgendwo aus dem Staub gemacht hat.

»Das ist Unsinn«, sagt Süleyman.

»Du glaubst mir noch immer nicht?« Ich drücke ihn gegen die Wand. Er wehrt sich überhaupt nicht. »Du hast das Blut doch gesehen?«

»Ja, Blut«, sagt er. »Da war ein Fleck …«

»Ein Blutfleck!« Ich drücke gegen seine Brust, aber eigentlich habe ich Lust, ihm an die Kehle zu gehen.

Er nimmt mein Handgelenk, drückt meine Hand weg, stellt sich etwas schräger zur Wand hin und zieht sein Sweatshirt gerade. »Wenn das alles wahr wäre, das mit deinem Vater, dann brauchten wir jetzt den Hund nicht zu vergraben.«

»Das muss sein, weil meine Mutter nicht mehr erzählt, als ich schon weiß, Süley. Was sie mit seiner Leiche gemacht hat, weiß ich nicht. Übrigens, selbst wenn ich wüsste, wo er liegt, würde ich ihn nicht ausgraben, weißt du. Bist du krank oder so?«

Süleyman grinst gestört. »Ich nicht«, sagt er. »Ich nicht!«

Ich tue, als würde ich es nicht hören. »Wir müssen ihn einfach wegjagen«, sage ich. »Außerdem war das deine Idee. Du bist schuld am Diebstahl und mitschuldig an Harrys Vertreibung!«

»Meine Idee?« Sein Unterkiefer klappt zum zigsten Mal herunter.

»Du hast gesagt, Harry würde sich hier bestimmt nicht mehr blickenlassen, wenn er es wüsste.«

Er zuckt mit den Schultern. »Ich meinte …«

»Hör mal«, sage ich. »Du machst mit. Wir müssen ihn wegjagen. Das ist alles.«

»Und du meinst, deine Mutter freut sich darüber? Er ist ihr Freund, weißt du noch?«

»Wenn sie erst mal weiß, dass er ein Dieb ist …« Ich zwinker ihm kurz verschwörerisch zu. »Und dass es sein Ziel ist, uns alle auseinanderzutreiben, dann wird sie uns … was sage ich: dir sehr dankbar sein, Süley.«

Die Korrektur, die ich in meinem Satz vornehme, lösen bei Süley einen kurzen Seufzer und ein Lächeln aus, aber genauso schnell wie sie auftauchen, ist alles wieder weg. »Ich weiß nicht, Jef«, sagt er.

»Du brauchst nichts zu wissen.« Ich drücke ihn wieder gegen die Kellerwand. Er will protestieren, aber ich schaue ihm tief in die Augen. »Du tust was ich sage, oder ich erzähle meiner Mutter, dass du ihre Sachen stiehlst. Dein Vater bringt dich um und du fliegst aus Zikkurat. Wetten?«

Er tut etwas, das zwischen Nicken und Kopfschütteln liegt.

»Entweder das oder die ewige Liebe meiner Mutter.«

Seine Augen funkeln und ich spüre seine Brust unter meiner Hand anschwellen.

»Nicht diese Liebe, du Hund!«

»Ja-ha«, macht er.

»Das erinnert mich doch gleich an was.« Ich lasse ihn los und zeige auf Bruno. »Heb ihn hoch und tu, was ich sage!«

12 Vierzig Zentimeter tief / Und Iene? Hast du auch ein Mal an sie gedacht?

»Weißt du, was mit dir nicht stimmt?«, sagt Süleyman. »Du guckst viel zu viel fern.«

Es ist inzwischen ungefähr eine Stunde später. Es könnten auch anderthalb Stunden sein. Vielleicht zwei.

Süleyman und ich haben den Abfall aus einem der Müllsäcke in einen halb vollen Container geschüttet und dann hat er Bruno und seinen Kopf in den Müllsack gelegt. Um das tote Vieh nicht anfassen zu müssen, hat er sich Plastiktüten, die zwischen dem Abfall lagen, über die Hände gezogen. Ich sagte, er sei eine Zimperliese, und zwang ihn, sich wie ein Einbrecher den Sack auf die Schultern zu laden, weil ich das passend fand. Dann trug ich ihm auf, von Mamas Messerset oben auf dem Küchenschrank das größte Messer zu nehmen. Erst protestierte er, aber ich sagte, meine Mutter sei höchstwahrscheinlich immer noch mit Iene weg, und wenn das nicht so wär, sagte ich, brauchte er es nicht zu tun. Dann würde er einfach noch ein Mal meine Mutter sehen. Ich ließ es klingen, als würde ich ein letztes Mal meinen. Das machte Süleyman supernervös. Er stimmte schließlich zu und klaute im Nu das Messer, während ich mit dem Sack im Gang wartete. Ich sagte, er dürfe mir ruhig dankbar sein, weil ich für ihn mit dem Sack im Gang gewartet hatte. Dieser Schleimscheißer von Süleyman sagte tatsächlich Danke schön!

Ich nahm noch schnell meinen Rucksack von der Garderobe und stopfte das Wüsthof Grand Prix 2 hinein. Wir gingen zu dem leeren Haus des ehemaligen Birnenbauern, und aus dem Schuppen dahinter, in dem noch viel Kram aus der Zeit steht, als der Mann noch lebte, nahmen wir einen Spaten und zogen dann zum Glasflaschenfeld. Ich legte ihm ans Herz, dass er mir zum soundsovielten Mal an diesem Tag dankbar sein konnte. Dieses Mal, weil er den Ort betreten durfte, der normalerweise mir, Iene und meiner Mutter gehört. Süleyman sagte, ich solle bloß nicht glauben, keiner außer uns würde diesen Ort kennen, woraufhin ich ihm den Spaten abnahm und ihm befahl, sich zu bücken. Das Rindvieh tat, was ich sagte, und ich schlug ihm mit dem Spaten auf den Hintern. Ich erwischte ihn am Steißbein und er klappte zusammen wie eine Stoffpuppe, mitten auf den Sack mit Bruno.

Auf der Lichtung warf ich Süleyman den Spaten vor die Füße und sagte, ab jetzt müsse er es allein machen. Graben, bis ich Halt sage, und dann würde ich ihn in den Rest meines Plans einweihen.

»Du guckst zu viel fern und du guckst ganz bestimmt zu viele Filme«, sagt Süleyman. Er hat inzwischen schon mindestens vierzig Zentimeter tief gegraben. Die Fläche ist ungefähr dreißig mal dreißig Zentimeter groß.

»Falsche Filme«, verbessert er sich.

»Warum?«

»Weil wir hier ein Loch graben, in das wir gleich einen toten Hund legen, nur um ihn dort auch wieder rauszuholen«, sagt er. »Darum.«

»Wir begraben keinen Hund, Süley«, sage ich.

»Oh nein? Und was ist das da? Ein Wal?« Er glaubt, er kann immer noch Witze reißen.

Ich reiße ein Büschel Unkraut mit viel Wurzeln und Sand daran aus dem Boden und werfe es ihm an den Kopf.

»Halt die Klappe. Graben!«

»Noch mehr?«

»Du musst tiefer, Sklave.«

Er tut, was ich sage.

Ich lege mich der Länge nach ins Gras.

Plötzlich hört er auf. Erst denke ich, um sich den Schweiß von der Stirn zu reiben, aber es dämmert schon, also sehe ich nicht, ob ihm überhaupt Schweiß auf der Stirn steht. Er ist einfach erschöpft und so gehört es sich auch.

»Graben, Schlappschwanz«, sage ich.

»Ja, aber wenn wir keinen Hund begraben, Jef …«, jammert er. Er betont meinen Namen, um zu zeigen, dass er auf jeden Fall höflich bleibt.

Ich denke: Ich bin kein Dieb.

»Was, Süley? Was?«

»Was begraben wir dann?«

»Wirst du gleich sehen. Graben.«

Er setzt den Spaten an, hält dann aber wieder inne. »Wenn du vielleicht meinst, ich krieche da rein …«

»Bring mich nicht auf Ideen, Süley.«

»Das mache ich nicht!«

»Ich habe gesagt, du sollst tun, was ich sage, und nicht, was ich nicht sage.«

Er gräbt weiter.

»Wie tief noch?«, fragt er nach ein paar Minuten.

»Noch ein wenig.« Ich gähne.

»Es ist schon dunkel.«

»Sehe ich.«

»Mein Vater …«

»Der rührt dich nicht an, wenn du tust, was ich sage.«

»Ich muss immer vor dem Dunkelwerden zu Hause sein«, jammert er.

»Dann bist du sowieso schon zu spät.«

»Ja, aber …«

»Nichts aber.« Ich stehe auf, nehme den Sack mit Bruno und stelle mich zu Süleyman. »Aufmachen.«

Er tut sofort, was ich sage, weil er denkt, das sei der schnellste Weg: Sack aufmachen, Hund raus, Kopf raus, in die Grube kippen, zumachen und weg.

Ohne dass ich etwas sage, holt er Bruno zum Vorschein und legt ihn auf den Sandberg, den er neben der Grube aufgeschaufelt hat.

»Und jetzt?«

Ich werfe meinen Rucksack ab und ziehe das Wüsthof Grand Prix 2 heraus.

Süleyman guckt mich erschrocken an.

»Hier.« Ich drücke ihm das Messer in die linke Hand. Denn Süleyman ist Linkshänder, und wenn ich helfen kann, dann tue ich es. Ich lege mich wieder ins Gras, die Hände unter dem Kopf verschränkt. »Was soll ich damit?« Er hält das Messer ein wenig von sich, als könnten Messer plötzlich von ganz allein zustechen.

»Hör mal, Süley. Es gibt hier ein paar Knochen, die eine Art Wildwechsel von diesem Tier zu dieser Grube machen müssen.« Ich zeige achtlos mit einem Zweig von Bruno zur Grube.

Süleymans Gesicht drückt aus: *Ja und?*

»Also wirst du die Knochen da rausholen.«

»Aus diesem Hund?«

»Aus diesem toten Hund«, sage ich. »Das ist ein großer Unterschied.«

»Du kannst doch auch einfach den ganzen Hund da reinwerfen!«

»Süley, meinst du wirklich, Harry glaubt uns, wenn an diesen Knochen vier Pfoten, ein Rumpf und ein Schwanz hängen?« Ich werfe den Kopf in den Nacken und verdrehe die Augen.

»Nein, bestimmt nicht«, murmelt er.

»Also …«, sage ich und veranschauliche mit dem Zweig nochmals die Strecke vom Hund zur Grube.

Ich sehe Süleyman unentschieden auf das Messer in seiner Hand starren.

»Mach es danach bitte noch kurz sauber«, sage ich. Ich werfe den Ast weg, schließe die Augen und lege den Hinterkopf wieder in meine verschränkten Hände.

Es bleibt eine Weile still. So still, dass ich mich sehr anstrengen muss, die Augen nicht aufzumachen. Ich höre Süleyman seufzen.

»Weißt du«, sagt er, »wir könnten Bruno natürlich auch einfach in die Grube legen und warten, bis er vergeht.«

»Von mir aus.« Als ich die Augen aufmache, sehe ich, dass Süleyman schon mit dem Kadaver in den Händen über das Grab gebeugt dasteht.

»Aber bis der Hund ganz futschi ist und nur noch sein Skelett hier übrig gelassen hat, bist *du* schon längst vermodert, Süleyman-Schlappschwanz.« Inzwischen stehe ich neben ihm. Ich greife ihn an der Kapuze seines Sweatshirts, ziehe ihn von der Grube weg und schubse ihn ins Gras. Bruno landet in seinem Schoß.

Süleyman flucht. Erst auf Türkisch und dann auf Niederländisch, denn keine Sprache allein hat genug gemeine Wörter, um klarzumachen, was er von mir hält.

»Findest du, dass wir Harry noch drei Monate oder so unter uns dulden sollten? Findest du das, Süley?« Aus meinem Mund tropft Speichel auf sein Sweatshirt, weil ich über ihn gebeugt stehe. Ich zeige ihm meine Faust. »Dachtest du, wir würden so lange warten? Dachtest du, die ganze Zeit ungestraft weitermachen zu können? Und Iene? Hast du auch ein Mal an sie gedacht, als du vorgeschlagen hast, diesen Kerl noch drei Monate oder so bei uns zu lassen? Er will meine Schwester einsperren, Süley. Könntest du hieran vielleicht ausnahmsweise mal nicht mitschuldig sein?« Ich habe mich auf seine Brust gesetzt. Meine Knie umklammern seinen Kopf.

Meine Hände drücken seine Arme zu Boden. Er kann sich nicht rühren. »Stopf ein paar Knochen in die Grube. Dann ist er weg und du bist frei, Dieb!«

Ich spucke genau neben seinen Kopf, stehe auf und klopfe mir den Sand von den Knien.

13 Die Flammen sind acht Männer hoch / Wie sehr du mich brauchst!

Ich habe eine Viertelstunde zwischen den Bäumen auf dem Glasflaschenfeld nach Holz gesucht und bin mit einem vollen Rucksack zurückgekommen. Die ganze Zeit über hat Süleyman die Knochen, die wir brauchen, aus dem Tier herausgeschnitten. Auf seinem Sweatshirt und in seinem Gesicht ist Blut. Auch in seinen Wimpern hängt Blut. Und in seinen Haaren.

Er füllt die Grube mit Knochen und ich zünde mit ein wenig Papier das Holz an. Der Wind hilft uns. »Wenn Iene jetzt hier wäre«, sage ich, aber Süleyman hört es nicht.

Das ist mir ganz recht.

Er füllt die Grube wieder mit Sand.

Das Feuer ist jetzt anderthalb Meter hoch.

»Noch ein wenig«, sage ich.

Er stampft die Erde erst mit den Füßen und dann mit dem Spaten fest.

»Amen«, sage ich.

Er muss fast darüber lachen. Dann setzt er sich neben mich. Als hätten wir unsere Aufgabe jetzt erledigt. Aber das Schlimmste kommt noch.

»Jetzt nur noch warten«, sage ich.

»Ja«, sagt Süleyman.

Wir sitzen eine Weile dort und schauen in die Flammen. Verkohlte Papierfetzen schweben in den Wald.

»Wenn das nur keinen Waldbrand gibt«, sagt Süleyman.

»Unsere Sachen werden nach Rauch stinken«, sage ich, ohne auf seine Bemerkung einzugehen.

»Besser als der Gestank im Keller«, sagt Süleyman.

»Besser als Bruno«, stimme ich zu.

Wir lachen und schweigen dann eine Weile. Das Feuer klettert in den Himmel. Noch ein bisschen, und die Sterne stehen in Flammen.

»Du bist mutig«, sage ich plötzlich. Ich habe es gedacht, aber wollte es eigentlich nicht sagen. Aber jetzt ist es raus. Ich kann nicht mehr zurück.

»Mutig?«, fragt Süleyman, als würde er das Wort nicht kennen.

»Aber auch dumm«, sage ich.

Wir lachen.

»Findest du das wirklich?«, fragt Süleyman, als wir schon längst nicht mehr lachen und ich denke, dass es vielleicht alles umsonst gewesen ist. Die Flammen sind acht Männer hoch. Es ist halb zehn, wenn nicht später.

»Dass du dumm bist?«

»Nein, dass ich …«

»Nein«, sage ich. »Ich finde dich nicht dumm, Süley.«

»Und mutig?«

»Sehr mutig.«

»Mein Vater ist abgehauen«, sagt er.

»Meiner ist tot.«

»Ja, aber meiner nicht. Ich meine, ich brauche keine Angst vor ihm zu haben.«

»Er kann dich nicht umbringen, weil du unsere Wohnung leer klaust? Meinst du das?«

Süleyman nickt. »Und auch nicht, weil ich nach Sonnenuntergang noch nicht zu Hause bin.«

»Du hast mich also angelogen?«

»Ja. Erst wollte ich einfach nur nach Hause. Das hier war grässlich, Jef.«

Er zeigt auf den Boden vor uns, wo der Hund begraben liegt. Er schaut auf das Feuer und dann auf seine Hände und die Innenseiten seiner Arme, auf die Spritzer Brunoblut.

»Und warum bist du nicht nach Haus gegangen?«

Er zuckt mit den Schultern. »Weil ich mutig bin?«

»Weil du ein Trottel bist!«, rufe ich. Es klingt lauter, als es am helllichten Tag klingen würde. »Im Dunkeln ist alles anders«, sage ich.

»Stimmt. Die Bäume sind anders. Wie Riesen mit Rastalocken.«

»Dieser Ort ist anders. Wie ein Teich. Und wir liegen auf einem Floß.«

»Dein Rucksack ist eine Katze, die sich an eine Maus ranschleicht.« Süleyman zeigt auf meinen Rucksack, der ein Stück weiter weg liegt.

»Sogar wir sind anders«, sage ich. »Ruhiger.«

»Freundlicher«, sagt Süleyman.

»Irgendwann werde ich wieder freundlich«, sage ich.

Süleyman geht nicht darauf ein. Braucht er auch nicht.

»Mädchen sind anders im Dunkeln«, sagt er.

»Woher weißt du das?«

»Manchmal begegne ich meiner Schwester im Dunkeln.«

»Nackt?«

»Nein.«

»Geht deine Schwester mit Jeroen Vanhoof?«

»Ja.«

»'tschuldigung.«

»Wofür?«

»Na ja, weil ich dachte …«

Süleyman fängt an zu lachen. »Es ist aber auch ein lächerlicher Gedanke«, wiehert er.

»Stimmt«, sage ich. »Deine Schwester mit Jeroen!«

»Es ist fast genauso lächerlich …« Er hört auf, bevor er gesagt hat, was er sagen wollte.

»So lächerlich wie was?«

»Wie ich mit deiner Ma.«

»Ich wünschte, du wärst in meine Schwester verliebt«, sage ich.

Süleyman hält ängstlich den Mund.

»Nicht, weil ich will, dass wir so was wie 'ne Familie werden, du Dösel, aber einfach …«

»Ich weiß«, sagt er. »Es würde bedeuten, dass du eine normale Schwester hättest.«

»Nicht zurückgeblieben oder so«, sage ich. »Süley …«

»Ja?«

»Findest du auch, dass Iene nicht bleiben kann?«

»Wo bleiben, Jef?«

»Bei uns zu Hause. Ich meine, hat er Recht?«

»Weiß ich nicht. Aber es muss schon schwierig sein für deine Ma.«

»Hast sie dir das erzählt?«

Süleyman nickt.

»Erzählt sie dir Dinge?«

Er nickt.

»Dinge, die sie mir nicht erzählt?«

»Dinge, die sie dir nicht erzählen kann, Jef.«

»Wie zum Beispiel?«

»Dinge, die dich wütend machen. Dinge über Harry und Dinge, die sie tun möchte, aber nicht tun kann.«

»Wegen Iene?«, frage ich. »Dinge, die sie nicht tun kann wegen Iene?«

»Wegen dir. Dinge, die sie nicht tun kann wegen dir.«

»Wegen mir?«

»Es ist schwierig für sie, wenn sie … nun ja, wenn sie jemanden *hat*, du weißt schon«, sagt Süleyman.

»Jemanden hat? Wen *hat* sie?«

»Harry.«

»Halt die Klappe! Sie hat *uns*, Süley! Meine Schwester und mich. Verdammt, sie hat noch mehr an dir als an ihm. Fucking Harry!«

»Da!«, ruft Süleyman. Er setzt sich aufrecht hin und zeigt auf einen Lichtpunkt in der Ferne. Das Licht tanzt auf und ab. Es gehören Stimmen dazu.

Süleyman steht auf, kratzt in seinen Haaren rum und fängt an, auf und ab zu gehen. »Igitt«, sagt er.

»Sei mutig, Süley.« Ich habe mich vor ihn gestellt und kneife ihn in die Schultern.

Er schiebt meine Arme und meine Hände weg, um seinen Weg fortzusetzen. Und kratzt dabei weiter in seinen Haaren.

Ich folge ihm und fasse ihn wieder an den Schultern. Er dreht sich ruckartig um, als würde er mir eine Ohrfeige verpassen. »Was?« Er klingt genervt.

Aber ich lasse mich nicht beirren. »Danke«, sage ich.

»Wofür?« Er begreift es wirklich nicht. Er isst seine Fingernägel und kratzt sich die Kopfhaut auf. »Harry bringt uns um.«

»Wird er nicht«, versichere ich ihm.

»Ja, ja, ja.« Er geht weiter auf und ab.

Ich stelle mich wieder vor ihn.

»Du bist mein Freund, Süley«, sage ich.

Er hört auf zu beißen und zu kratzen. »Ach, hör doch auf«, sagt er. Aber er schaut, als würde er auf etwas warten.

»Das bist du wirklich«, sage ich.

»Jetzt plötzlich?«

»Ja, jetzt plötzlich. Ich meine, du hast das hier nicht nur gemacht, weil ich dich sonst verraten hätte.«

Er nickt.

»Und nicht nur, weil du Harry von meiner Mutter weghaben wolltest. Du bist verdammt noch mal vierzehn.«

»Stimmt alles«, sagt er, »aber jetzt will ich am liebsten verschwinden.«

»Mach nur«, sage ich.

Das Licht ist jetzt ganz nah. So nah, dass man eine Taschenlampe daran hängen sieht. Und daran hängt Harry. Und an ihm, an seinem Arm, meine Mutter.

Was haben sie wohl mit Iene gemacht?, frage ich mich.

Als sie nur noch ein paar Meter von uns entfernt sind, hakt Mama ihren Arm aus Harrys Arm und wird immer schneller, bis sie praktisch in meine Richtung rennt.

»Bekka«, sagt Harry zwischen den Zähnen. Als hätte er sie hiervor gewarnt. Als hätten sie diese letzten Meter miteinander besprochen, bevor sie aus dem Haus gingen.

Mama steht mir Auge in Auge gegenüber. Wir sagen beide kein Wort. Es ist ein wenig wie bei dem Spiel ›Wer zuerst wegguckt, hat verloren‹. Einen Augenblick lässt sie sich von einem Geräusch von Süleyman ablenken, der sich hinter mir ins Gras gelegt hat. Denn in diesem Teil wird er kurz nicht gebraucht.

Dann sieht sie mich wieder an. »Lösch sofort das Feuer!«, befiehlt sie.

»Geht nicht«, sage ich. Denn das haben wir abgemacht, Süleyman und ich. Wir würden uns querstellen.

»Das Feuer«, sagt sie.

»Da ist kein Schalter dran«, sage ich.

Süleyman lacht. Auch das haben wir abgemacht: Lachen ist okay, solange es ihr oder Harry nur auf die Nerven geht. Solange es nur irgendeine Reaktion bei den beiden auslöst, woraufhin ich sagen kann, was ich zu sagen habe, und wir tun können, was wir tun werden, Süleyman und ich.

»Jef, du sollst um halb neun zu Hause sein.« Mama strengt sich dermaßen an, ganz ruhig zu sprechen, dass auf ihrer Stirn eine

Ader anschwillt, die ich noch nie bei ihr gesehen habe. »Das weißt du genau!«, ruft sie.

»Tagsüber hat ein Lagerfeuer nicht den geringsten Sinn«, sage ich.

»Oh, hattest du das vor? Ein gemütliches Lagerfeuer zu machen?« Sie lacht falsch.

Ich nicke. »Zum Teil.«

»Das hättest du auch sagen können, statt uns ganz Zikkurat absuchen zu lassen.«

»Du hast das Feuer doch gesehen?«

Mama nickt wie wild und wirft die Hände in die Luft. »Ja«, sagt sie. »Und wenn ich Feuer sehe, sage ich sofort: ›Hört auf zu suchen, Leute. Das kann nur Jef sein, denn das Flaschenfeld steht in Flammen!‹«

Süleyman findet das witzig.

Wütend schaue ich nach hinten, denn das ist auf unsere Kosten witzig.

»Was hast du vor, Jef?« Mama sieht mich an, als würde ich nur eine einzige Chance bekommen, es zu erzählen.

Ich schweige und denke: Wann wird er etwas sagen, Harry? Wann fängt er an, mich zur Schnecke zu machen?

Ich schaue an Mama vorbei zu ihm. Er ist dort stehen geblieben, wo Mama sich von ihm gelöst hat, und leuchtet mit seiner Taschenlampe auf den Boden neben Mama und mir.

Sie folgt meinem Blick auf den Lichtkegel neben unseren Füßen und entdeckt plötzlich den Spaten. »Was habt ihr damit angestellt?« Sie schaut hinter mich, zu Süleyman. Von ihm erwartet sie die Wahrheit.

Aber aus seinem Mund kommt nichts, also gibt sie mir wieder eine Chance.

»Los, Jef, sag's!«

»Wir haben nichts getan«, sage ich.

»Noch nicht«, fügt Süleyman mit einem gemeinen Lachen hinzu.

Ich halte hinter meinem Rücken den Daumen für ihn hoch.

»Was machst du da, Jef?« Mama schiebt mich zur Seite und schaut auf eine Stelle hinter meinem Rücken, weil sie meine Bewegung bemerkt hat. »Halt mich nicht zum Narren!«, ruft sie.

»Tu ich nicht.«

»Was hast du mit dem Spaten gemacht?«

»Ich wollte Süley damit den Schädel einschlagen«, sage ich. Ich schaue zu Harry. Schlag zu, denke ich. Sag, dass ich das lausigste Kind bin, das du je in deinem ganzen langen Leben gesehen hast. Sag es.

»Er wollte mich umbringen«, hilft Süleyman.

»Halt die Klappe«, zische ich.

Plötzlich geht Mama zu Harry und legt ihren Arm um seine Hüften. Als wäre ihr kalt, schmiegt sie ihren Körper an seinen. »Hättest du es nur getan«, sagt sie. »Hättest du es verdammt noch mal nur getan. Dann würdest du ein paar Jahre sitzen und ich wäre zumindest von diesem ganzen …«

»Bekka!«, brummt Harry. Er reibt über ihre Schultern und ihren Arm. »Mach das Feuer aus und komm nach Hause«, sagt er.

Sie drehen sich um und gehen in Richtung Zikkurat. Ein paar Schritte. Ihre Rücken erinnern mich an ein Pärchen, das sich das Lagerfeuer angesehen hat und jetzt, noch verliebter als zuvor, wieder heimgeht.

Mama reibt Harrys Rücken. Er drückt sie dichter an sich. Sie reden, aber ich kann nicht verstehen, was sie sagen.

Ich schaue mich zu Süleyman um. Ich zeige ihm meine Handflächen und zucke mit den Achseln. Er macht dasselbe.

Das war's dann wohl?

»Bedeutet nach Hause, wo du bist?«, rufe ich.

Das Pärchen bleibt stehen.

Harry ist der Erste, der sich umdreht. Mama folgt mit einigen Sekunden Verzögerung. Sie wirft den Kopf in den Nacken.

»Was hast du gesagt?«, fragt Harry. Er macht ein paar langsame Schritte in meine Richtung.

Ich höre, wie Süleyman sich unruhig im Gras bewegt.

Ich holte tief Atem und sage: »Ich glaube, wir beide meinen mit zu Hause unterschiedliche Dinge.«

Mama stellt sich wieder ganz nah zu ihm und legt ihm eine Hand auf den Bauch und eine auf den Rücken. Bleib nur ganz ruhig, scheint sie damit sagen zu wollen, aber Harry ist ruhig. Es ist beklemmend. Er seufzt, schließt die Augen eine Sekunde und sagt: »Jef, hör mir mal zu.«

»Nein«, sage ich. Quertreiben!

»Doch!«, ruft Harry. Zehnmal lauter als ich.

Ich denke: Süley macht sich jetzt bestimmt fast in die Hose.

»Sst«, macht Mama. Inzwischen streichelt sie Harrys Bauch. Wie bei einem Baby, das Krämpfe hat.

Ich kriege das kalte Kotzen davon. Ich schaue auf ihre Hand auf seinem Körper. »Mam, lass das«, sage ich. Aus meinem Ton könnte man ohne weiteres schließen, dass sie wirklich etwas Ekelhaftes macht. Hinter mir höre ich, wie Süleyman in Bewegung gerät, weil er natürlich wissen will, was meine Mutter macht.

Harry sagt: »Jef, ob du es nun willst oder nicht, deine Mutter und ich …«

»Was, meine Mutter und du?« Ich höre selbst, dass ich klinge, als wollte ich seinen Ton oder seine Lautstärke nachahmen, aber das will ich nicht. Vielleicht ahmt man im Dunklen leichter etwas nach.

»Deine Mutter und ich …«, fährt Harry fort, so gezwungen ruhig, dass man merkt, er ist sich selbst nicht sicher, wie lange er sich beherrschen kann. Aber es wird nicht mehr lange dauern, bis er explodiert.

Mama übernimmt. »Harry und ich sind zusammen«, sagt sie. »Hörst du? Zusammen.«

»Pff«, mache ich, was so viel heißt wie: Ihr seid ja ein tolles Paar. Ich stampfe auf, weil ich es nicht ertrage, dass mir nichts Besseres einfällt. Ein tolles Paar. Es werden Sachen gestohlen. Es sind Morde geschehen. Oder?

Ich schaue mich zu Süleyman um. Als würde ich ihn jetzt brauchen. Er scheint es nicht zu begreifen. Er beißt auf einem Grashalm herum oder auf etwas Ähnlichem. Er hat ein Bein über sein hochgezogenes Knie geschlagen und wippt damit auf und ab, als würde ein Kind auf seiner Schuhspitze sitzen. Hopp, Pferdchen, hopp.

Weil Mama mein Zögern bemerkt, löst sie sich von Harry und sieht mich an. Dann schlägt sie die Augen nieder. Als würde sie sich mir jetzt weniger feindselig nähern wollen, jetzt, da ich still bin, und so ungefähr alles um uns rum auch. Sogar die Flammen des Lagerfeuers sind jetzt niedriger. Während ich das denke, wird mir erst klar, dass Mama gerade richtig feindselig war. Soweit ich mich erinnern kann, ist sie noch nie so zu mir gewesen. Ich schaue mit derselben Feindseligkeit von ihr zu Harry, denn er ist es, der sie gegen mich aufstachelt. Er steht wie eine Art Schutzpolizist hinter ihr. Sein Mund ist verzogen. Wenn Mama nicht so nah vor ihm stünde, könnte ich seine geballten Fäuste sehen. Er zeigt sich, denke ich. Stück für Stück kommt Harry aus seiner Ecke.

»Was hast du gegen ihn, Jef?«, flüstert Mama mit ihrem Gesicht ganz nah an meinem.

Ich antworte nicht, weil ich nicht weiß, wo ich anfangen soll. Da ist so viel.

»Und?«

Weil ich fürchte, dass es das wirklich war, wenn ich jetzt nichts antworte, sage ich: »Er ist ein Dieb.« Ich weiß, dass ich lüge, aber ich denke: Eine Lüge kann uns retten. Eine Lüge wird alles in Bewegung setzen.

Mama lacht. »Ein Dieb?«

Ich nicke.

»Was meinst du, Jef?«

»Er stiehlt …« Ich werfe einen flüchtigen Blick auf Harry.

»Ja, ein Dieb stiehlt, Jef. Aber *was* stiehlt Harry?« Mama klingt amüsiert und gleichzeitig ungeduldig.

»Dich«, sage ich. Und ich denke: Das ist nicht mal gelogen.

»Mich?« Wieder lacht sie. »Wie oft haben wir hierüber nicht schon geredet?« Sie dreht sich um und geht wieder ein paar Schritte auf Harry zu.

Er zuckt die Achseln, nachdem Mama etwas mit ihrem Gesicht gemacht hat, was ich nicht sehen konnte.

»Uns treibst du nicht auseinander, Jef«, sagt Mama mit dem Rücken noch immer zu mir. Ich denke: Das sagt sie zu Harry.

Er lächelt und wirft sich in die Brust. Er ist erleichtert.

Mama drückt die Stirn gegen seine Schulter. Als wäre er eine Mauer, an der sie sich ausweint.

»Wer treibt hier wen auseinander?«, frage ich.

Es löst keine Reaktion aus. Nicht bei Mama, nicht bei Harry.

»Er treibt uns auseinander, Mam!« Das rufe ich so laut, dass man es bestimmt bis Zikkurat hören kann.

Jetzt guckt Harry mich an.

»Jef, hör auf damit«, sagt er.

»Es ist wahr! Seit du da bist, kann Mama uns nicht mehr ausstehen, und Iene schon gar nicht. Sie will sie weggeben, weil Iene dir im Weg ist. Gib es zu!«

Es ist Mama, die antwortet. »Ich will Iene nicht weggeben und niemand ist Harry im Weg.« Ihr Worte klingen matt. Sie werden ein wenig von Harrys Hemdstoff aufgesaugt, an den sie sich noch immer drückt. »Nicht einmal du«, sagt sie über die Schulter. Sie vergräbt ihr Gesicht wieder in seinem Hemd, dieses Mal mehr in seiner Achsel als an seiner Schulter.

Den nächsten Satz spucke ich aus: »Du hast es selbst gesagt!«, rufe ich.

»Das habe ich gesagt, weil …«, fängt Mama an, aber der Rest dessen, was sie sagen wollte, geht unter, weil Harry plötzlich in Bewegung gerät.

Mit vier großen Schritten steht er bei mir. Er riecht nach Pfefferminz und Aftershave. Sein Mund zittert. Erst steht er nur da, atmet mich schwer an und befolgt vermutlich Mamas Rat: Erst üben, dann reden. Aber da seine Schultern hochgezogen sind und seine Fäuste geballt und sein Oberkörper stärker als normal vorgebeugt ist, vermute ich, dass er noch zwischen Schlagen und Reden zweifelt und dass die Chancen groß sind, dass er sich für Schlagen entscheidet.

Ich trete einen Schritt zurück. Süleyman steht auf.

»Es muss …« Harry atmet ein paarmal schwer ein und aus. »Für immer und ewig aufhören!« In seinen Worten versteckt sich ein Knurren. Sein Mund und sein Kinn zittern. Er beißt die Zähne kräftig aufeinander, weil ihn das hindert, noch mehr zu sagen. Und es ist auch gut gegen das Zittern.

Was ich danach sage, wird mir von einer fremden Macht, einem Gott oder so, aber einem ziemlich fragwürdigen, aus dem Mund gezogen. Ich meine, wirklich wahr, ich stehe ganz steif vor Schreck Harry gegenüber, weil er aussieht wie ein Tier. Du müsstest es sehen. Und trotzdem sage ich in aller Seelenruhe: »Tja, es muss wahrhaftig aufhören.«

Zwischen dir und meiner Mutter, will ich eigentlich sagen, aber das ist nicht nötig, weil Harry das auch so weiß. Erst als ich den Mund wieder zugemacht habe, wird mir klar, was ich da gesagt habe und dass ich damit womöglich mein Todesurteil unterschrieben habe. Ich schlucke hörbar. Süleyman muss inzwischen längst im Wald verschwunden sein.

Aber Harry dreht mir einfach nur den Rücken zu. Er wirft die

Hände in die Höhe und geht kopfschüttelnd auf Mama zu, die ihren Kopf wieder mal gegen seine Brust drückt. »Er ist ein Dieb!«, rufe ich, sozusagen als allerletzte Chance, aber noch mehr um festzustellen, ob mich jemand hört. Stehe ich hier eigentlich wirklich?

»Du hast es gehört, es muss aufhören, Jef«, sagt Mama.

Ich existiere.

»Und wenn du findest, dass Harry mich stiehlt«, sagt sie, »einfach weil ich ab und zu kurz mal nicht bei dir oder bei Iene bin, dann bin ich nicht *weg*. Ich meine, nicht richtig weg. Ich werde immer da sein, nur bin ich ab und zu ein *wenig* weg, Jef.« Während sie das sagt, tritt sie ein paar Schritte zurück und zieht Harry, der noch immer mit dem Rücken zu mir steht, an der Taille mit sich. Als wüsste sie selbst, wie wirr ihre Erklärungen sind, und als wollte sie zeigen, was sie meint.

»Es ist nicht so wie bei meinen verdammten Ohrringen«, sagt sie.

Ich schaue mich blitzschnell zu Süleyman um. Er steht ein Stück entfernt hinter mir und schaut auf den Boden, weil die Ohrringe wieder zur Sprache kommen.

»Die sind weg und ich sehe sie nie wieder. Ich meine, einen Menschen kann man nicht stehlen, Jef.« Sie lässt Harry wieder los und geht ein paar Schritte auf mich zu. »Wenn du denkst, Harry hätte mich gestohlen, dann hat das auch Iene mein ganzes Leben lang gemacht. Verstehst du? Aber das habe ich nie als Verbrechen angesehen. Sie brauchte mich die ganze Zeit.«

»Brauchte?«, frage ich.

»Nein, sie braucht mich natürlich noch immer«, sagt Mama. »Aber jetzt braucht Harry mich auch, so wie ich ihn brauche und so wie du mich brauchst. Verdammt, wie sehr du mich brauchst!« Sie lacht laut. Ein wenig leiser fände ich besser. Sie streichelt meine Wange und sagt: »Ich habe ein Recht darauf, Jef.«

Ich schließe die Augen.

»Wenn du in ein paar Jahren mit Mariewivine Staas ausgehst, dann muss ich doch auch nicht denken, dass sie dich mir wegnimmt, oder?«

»Mam!« Ich schiebe ihre Hand weg und drehe mich flüchtig zu Süleyman, um zu sehen, ob er es gehört hat, aber er schlägt mit der Ferse seines Schuhs ein Loch in den Boden.

Mama lacht. »So ist es doch. Wenn du dich verliebst, egal in wen, dann wirst du sicherlich auch öfter mal weg sein, aber nicht für immer. Darauf verlasse ich mich jedenfalls.«

Ich nicke. Ich denke: Wie lieb sie ist und wie vernünftig sie klingt. Kein Wunder, dass Süley …

Mama kneift mir sanft in die Schulter und geht dann zurück zu Harry. Er steht mit den Händen in den Taschen da und wartet. Sie geben sich einen Kuss und drehen sich um. Hand in Hand gehen sie weg von uns. Von Süleyman und mir.

Der Wind tickt gegen die Glasflaschen in den Bäumen. Ich denke: Sie wird sich umdrehen und auf ihre Ohren zeigen und fragen, ob ich es auch höre.

Aber sie tut nichts. Sie streichelt nur Harrys Rücken. Seine Hand hält ihren Oberarm fest.

Ich denke: Vielleicht tut es weh, aber Mama traut sich nicht, etwas zu sagen. Außerdem sagt sie nur Sachen, die er ihr vorsagt. Er lässt sie nie und nimmer mehr los.

»Ich weiß, wo Papa ist!«, rufe ich.

14 Geert / Samuel / Farouk

Sie machen zögernd noch ein paar Schritte, aber dann bleibt Mama stehen. Sie dreht sich langsam um und fragt mit einem nervösen Lächeln auf den Lippen, ob ich das ernst meine.

Ich nicke.

»Ich weiß, wo du seine Leiche gelassen hast.«

Mama schlägt die Hände zusammen und lacht wie über einen guten Witz.

Süleyman lacht mit, aber ich zische, er soll gefälligst sein Maul halten.

Harry schaut von mir zu Mama und wieder zu mir. »Leiche?«, fragt er. Was soll das hier alles nur?, fragt sein Gesicht, seine ganze Haltung.

Mama nickt. »Seine Leiche.« Sie schlägt die Augen nieder und versteckt ihre Lippen zwischen den Zähnen. Dann flucht sie. »Jef, lass es sein«, seufzt sie.

»Ich lasse nichts sein.« Ich schnipse schräg hinter meinem Rücken mit den Fingern Richtung Süleyman, zum Zeichen, dass er jetzt anfangen soll. Ich schaue mich um, weil ich nichts höre. Er steht mit den Händen in den Hosentaschen noch immer da und wühlt mit der Ferse die Erde auf.

»Worauf wartest du?«

»Je-ef«, macht er, ohne mich anzusehen.

»Was ist?«

»Du hörst deine Mutter doch«, murmelt er.

»Süley, fang jetzt nicht an zu kneifen«, sage ich.

»Jef, benimm dich nicht so«, sagt Mama. Sie hat sich wieder zu Harry gestellt. Ich denke: Das muss ich auskosten. Warten, bis er das hier sieht. Bei dem Gedanken schaue ich von dem Spaten zu der Stelle, an der mein Vater liegt. Mama hat es gesehen. Sie schaut zu Harry auf und flüstert etwas. Er drückt sie an seine Schulter.

»Weißt du was«, sagt Mama. »Dann lass es eben nicht sein.« Sie zeigt auf den Spaten. »Hol deinen Vater nur unter dem Sand hervor, mein Junge.«

»Sst«, macht Harry.

Mama wischt sich die Tränen ab. »Gottverdammtnochmal«, jammert sie.

»Je-ef«, macht Süleyman wieder.

Ich drehe mich mit einer brüsken Bewegung um. Süleyman weicht einen Schritt zurück. »Das war unser Plan, du Hosenkacker!«

»Halt die Klappe!«

»Nimm den Spaten!«

»Nimm ihn doch selbst.«

Ich gehe auf Süleyman zu und drücke ihn zu Boden. »Das wirst du bereuen«, sage ich in sein erschrecktes Gesicht. Dann gehe ich zu dem Spaten, nehme ihn, drücke ihn bis zum Stiel in die lockere Erde und fange an zu graben.

Harry sieht mir zu, Mama an sich gedrückt, ihr Gesicht wieder in seinem verdammten Hemd.

Nach sechs Stößen hole ich die ersten Knochen zum Vorschein.

Ich sehe, wie Harry sich ein wenig reckt, um besser erkennen zu können, was hier passiert. Von den Knochen, die ich neben die Grube gelegt habe, schaut er kurz hoch in mein Gesicht. Er ist natürlich völlig baff, dass es kein Bluff war.

Also schaufle ich noch heftiger. Ich grabe noch ein paar blutige Knochen aus und lege sie zu den anderen an die Seite.

»Hörst du jetzt verdammt noch mal auf mit diesem Unsinn?« Mama hat sich aus seinen Fängen befreit und steht neben der Grube, die Hände in die Hüften gestemmt. Ich hatte nicht mal gesehen, dass sie zu mir gekommen war. So hart schufte ich.

Wieder ein paar Knochen. Ich denke: Dieser Süley hat wirklich sein Bestes gegeben.

»Hör auf damit, Jef«, sagt Mama. »Du hast deinen Pa gefunden. Fertig. Komm nach Hause, wir gehen schlafen.«

Ich stecke den Spaten in die Erde. »Und Harry?«

»Auch«, sagt Mama. »Oder was dachtest du?«

Harry stellt sich neben sie. »Ich weiß allerdings nicht, ob ich schlafen kann, nun, da ich weiß, dass du Männer umbringst, Schatz«, sagt er.

»Mach dir keine Sorgen«, sagt Mama, in demselben Ton wie er. »Ich bringe nur Männer um, die es verdient haben.«

»Uff!« Harry fasst sich ans Herz.

Ich werfe den Spaten mit Schwung auf den Boden. »Ihr lacht hierüber?«, frage ich. Ich zeige auf die Erde und die Knochen.

»Ja, Jef«, sagt Mama. »Wir lachen darüber. Es bleibt uns nichts anderes mehr übrig.«

»Ich gehe schon mal vor«, sagt Harry zu Mama und gibt ihr einen Kuss auf die Stirn. »Bis später, Jef.«

Ich erwidere nichts. Ich schaue von ihm weg. Ich schaue auch weg von Mama. Von allem will ich wegschauen. Ich mache die Augen zu und lasse mich auf den Boden fallen.

Dann spüre ich Mamas Hand auf meinen Schultern und ihren Körper an meinem. Sie setzt sich auch hin, dicht neben mich. Sie legt den Kopf auf meine hochgezogenen Knie.

»Was du nicht alles dafür tust«, sagt sie mit einem Seufzer.

»Er passt nicht zu dir.«

Sie hebt den Kopf und sieht mich an. »Ich weiß, dass du das findest.«

»Seit er da ist, ist alles anders.«

»Das fandest du auch, als ich mit Geert zusammen war. Und mit Samuel. Und mit Farouk. Das denkst du über alle, mit denen ich versuche, etwas aufzubauen, Jef. Und was ist so schlimm an anders?«

»Iene verträgt es nicht. Dadurch benimmt sie sich so komisch.«

»Iene?«

»Ja, Iene.«

»Du, Jef, du.«

»Und überhaupt, sie passen einfach nicht«, sage ich. Basta.

»Wer passt nicht?«

»Die Männer. Geert und Samuel und Farouk und er.« Ich zeige mit dem Kinn auf Harry in der Ferne.

»Sie passen nicht zu dir«, sagt Mama.

»Sie passen nicht zu uns!«

»Weil du jedes Mal so ein Theater deswegen veranstaltest.«

»Mam, ich mag sie nicht. Sie gehören nicht hierher. Sie bringen unser ganzes Leben durcheinander.«

Mama kniet sich vor mich. Sie umschlingt meine Taille, als müsste sie meinen Körper knicken, damit ich so sitze, wie ich ihrer Meinung nach sitzen muss.

Sie sagt: »Und das ist genau, was ich *will*, Jef, dass mein Leben durcheinandergebracht wird. Versteh das endlich. Ich will, dass es Momente gibt, in denen ich von Iene weggezogen werde. Ich tue, was ich kann, aber ich will auch etwas für mich selbst. Und ich bin mir sicher, wenn Iene solche Dinge begreifen würde, dann würde sie mich verstehen. Sie würde es wollen, Jef. Ich habe Jahr für Jahr für Iene gesorgt und versucht, dich dabei nicht zu vergessen. Vielleicht ist mir das nicht gelungen.« Sie nickt, in Gedanken versunken. Sie hat etwas.

»Bestimmt hängst du darum so sehr an mir. Du kannst auf

deinen eigenen Füßen stehen, Jef, aber du hängst mehr an mir als Iene.«

»Ich liebe dich, Mam«, sage ich.

»Das weiß ich«, sagt sie, »aber dann tu nicht, was du gerade tust. Du liebst mich, aber du tust alles, um mir mein Glück wegzunehmen. Du bist derjenige, der stiehlt, Jef.«

Ich schlage die Augen nieder. Ich schäme mich.

Mama streicht mir die Haare aus den Augen.

»Nicht weinen«, sagt sie.

»Doch«, sage ich. Quertreiben, das wollten wir.

»Ich bin die ganze Zeit auf der Suche nach jemandem, der wie ein Vater für dich sein könnte, Jef. Ich hätte es so gern, wenn du mit Harry Sachen unternehmen würdest, aber das Einzige, was du tust, ist gegenarbeiten.«

»Quertreiben«, sage ich.

»Genau.«

Mama stellt sich hin. »Was wolltest du hiermit eigentlich erreichen?«

»Ich wollte Harry wegjagen.«

»Indem du ein paar Knochen ausgräbst?«

»Es war Süleys Idee.«

»Was?« Süley ist offensichtlich plötzlich aufgewacht. »Ich hab nur gesagt, dass Harry wohl weggehen würde, wenn er wüsste, dass Sie Jefs Vater umgebracht haben«, erklärt er. »Mehr nicht.«

Mama lacht.

»Haben Sie das?«

Sie schüttelt den Kopf.

»Nein«, sagt sie. »Aber für mich ist er mausetot.«

Sie kniet sich wieder vor mich hin und greift nach meinem Kinn.

»Willst du es wissen, Jef?«

Ich nicke. »Ich wollte es immer schon wissen, aber du wolltest nie etwas sagen.«

»Weil ich nicht wollte, dass du …«

»Gräbst?«

»Verdammt.« Sie schaut sich um. »Und das hast du doch getan.«

Süleyman hat sich zu uns gesetzt.

»Ich muss Jef etwas sagen, Süley«, sagt Mama.

»Er darf es ruhig hören«, sage ich. »Oder?«

»Einverstanden«, sagt sie. »Warum auch nicht.«

Als Süleyman sich ins Gras gelegt hat, den Kopf auf die Ellbogen gestützt, als würde er wirklich am Lagerfeuer eine Geschichte erzählt bekommen, frage ich: »Wo ist er, Mama?«

Sie schüttelt kurz den Kopf. »Weiß ich nicht. Es ist mir auch egal. Ich weiß aber ganz genau, was geschehen ist: Er hat uns verlassen, weil er Iene nicht im Haus haben wollte. Er konnte es nicht ertragen, das Versorgen, die Zuwendung. Er wollte sie in einem Heim unterbringen. Ich weiß, dass viele Leute das tun würden, und daran ist nichts falsch, aber ich wollte es nicht. Ich spürte, dass ich selbst für sie sorgen konnte, wenn ich nur jemanden an meiner Seite hatte, der mich dabei unterstützte und mir half. Das tat er nicht. Er stellte mich vor die Wahl: Entweder ich würde sie in ein Heim geben oder er ginge weg. Ich wollte sie nicht weggeben. Sie ist mein Kind.«

»Also ging Papa weg?«

»Ich dachte, er kommt schon zurück«, sagt Mama, »aber er kam nicht zurück und hat nie wieder etwas von sich hören lassen.« Sie starrt vor sich hin, scheint dann plötzlich aufzuwachen und sucht meine Augen. »Dann ist man tot, Jef«, sagt sie. »Verstehst du das?«

Ich höre Süleyman schlucken.

»Aber warum erzählst du das jetzt erst?«, frage ich. »Du hast immer ein Geheimnis daraus gemacht und schließlich immer gesagt, du hättest ihn getötet.«

»Ich wollte nicht, dass du nach ihm suchen würdest. Und für

einen Jungen wie dich war so eine Mordgeschichte geheimnisvoll genug, um von dem abzulenken, was du wirklich wissen wolltest. Ich weiß, dass es grausam klingt, aber es half immer. Bis jetzt wenigstens. Und für mich war es fast so, als hätte ich ihn ermordet. In meinen Gedanken hab ich mir das gewünscht. So schlimm das jetzt auch klingen mag. Eigentlich fand ich meine Lüge nicht mal besonders grob. Ich habe es ihm nie verzeihen können, Jef. Dass er wegging, ist schlimm genug. Aber dass er nie wieder etwas von sich hat hören lassen, finde ich noch viel schlimmer. Für dich und für Iene. Aber jetzt bist du zu alt, um dir noch Geschichten erzählen zu lassen. Wenn du graben willst, musst du das tun. Aber nicht hier.« Sie lacht. »Dass du Geert und Samuel und Farouk mit Erfolg rausgekelt hast, nehme ich dir im Nachhinein nicht übel, Jef. Dadurch ist Platz für Harry entstanden.«

Ich schlage die Augen nieder. So hatte ich es noch nicht betrachtet.

»Ja, du hast selbst anständig dabei mitgeholfen.« Mama starrt hinter uns zu den Kronen der Birnbäume. »Aber er ist anders«, sagt sie verträumt. »Er sagt nie was über Iene. Er sagt nicht viel, aber er klagt auch nicht. Harry ist still und seine Stille unterstützt mich.«

»Harry? Still?« Ich denke an all die Geräusche, die der Mann macht.

»Nun ja, auf seine Art eben«, sagt Mama lachend.

Sie legt eine Hand auf mein Knie. »Ihn will ich behalten, Jef.« Sie steht auf und schaut auf das Feuer, das jetzt noch ungefähr so hoch ist wie ein großer Hund. Sie legt mir die Hand auf den Kopf. »Ich will jemanden, der mich unterstützt, Jef. Damit ich es schaffe, für Iene zu sorgen.«

Ich nicke. Eine kleine Geste nur, aber mit ihrer Hand auf meinem Scheitel ist das genug.

»Du hast das immer großartig gemacht«, sagt sie. »Mehr als

großartig, du hast mir geholfen, wie kein anderer das jemals hätte tun können. Harry nimmt diesen Platz nicht ein, Jef. Das geht auch gar nicht. Davor brauchst du keine Angst zu haben.« Sie seufzt.

»Was ist, Mama?«

»Eines Tages gehst du deinen eigenen Weg.«

Ich nicke.

»Und was mache ich dann?«

»Ich werde immer, immer, immer da sein, Mama«, sage ich. Ich versuche, es ein wenig spaßig klingen zu lassen. Um sie aufzumuntern, du weißt schon.

Sie antwortet nicht.

»Mama?«

»Das weiß ich nicht, Jef«, seufzt sie. »Heute Abend warst du auf jeden Fall sehr weit weg.« Sie schaut auf die Lichtung und die Bäume mit den Flaschen, vor allem aber auf die Grube und den Spaten und das Feuer.

»'tschuldigung«, flüstere ich.

»Bis später«, sagt sie. Und zu Süleyman: »Bleib du auch nicht mehr so lange hier. Ich werde deiner Mutter sagen, dass du unterwegs bist. Sie ist bei uns und passt auf Iene auf.«

»Wirklich?«, fragt Süleyman.

Mama nickt und geht weg. »Deine Mutter ist lieb«, sagt sie noch. »Die verdient einen anständigen Kerl.«

Als die Dunkelheit sie fast schon verschluckt hat, dreht sie sich noch mal um und ruft: »Woher kamen die Knochen eigentlich?«

»Von Bruno. Dem Hund des Zeitungsklauers!«, rufe ich.

»Hast du einen Hund getötet?«

»Der war schon tot, er war im Müllcontainer.«

»Dann ist es gut«, sagt sie.

»Vielleicht finden wir da auch sonst noch Sachen!«, ruft Süleyman.

Ich denke: Hä? Und so sehe ich ihn auch an.

»Ihre Ohrringe und so!«, ruft er.
»Was sagst du da?«, flüstere ich.
Guter Plan, oder?, sagt sein Gesicht.
»Löscht das Feuer!«, ruft Mama.

SCHLUSS
Nicht irgendein Messer

Süleyman sagt, er sei ja vielleicht ein Dieb, aber ich wäre auch nicht gerade ein Unschuldslamm. »Wie du die Freunde deiner Mutter vergrault hast!«

»Glaub mir, es waren Idioten«, sage ich.

Wir sitzen in meinem Zimmer. Ich auf dem Bett, er auf einer Matte daneben, denn er soll bloß nicht glauben, ich vergesse das alles so schnell.

»Du machst das auch mit mir«, sagt er.

»Was?«

»Na ja, mich vergraulen.«

»Nicht wahr.«

»Doch«, widerspricht er. »Also, ich werde bestimmt nicht behaupten, ich wäre ein Freund deiner Mutter gewesen …« Plötzlich hört er auf zu reden und tut so, als starre er gedankenverloren nach draußen. »Wenn das nur wahr wäre«, spinnt er rum.

Ich versetze ihm einen Schlag auf den Arm, damit er aus seinen gestörten Gedanken aufschreckt.

»Was wolltest du nun eigentlich sagen, Bruno?« So nenne ich ihn nämlich inzwischen ab und zu.

Mit verzerrtem Gesicht reibt er sich den Oberarm. »Ich wollte sagen, dass du mich auch ziemlich gequält hast, Jef. Vor allem, wenn ich ein wenig öfter hier war.«

»Ein wenig öfter hier warst?«, presse ich hervor. »Du warst öfter hier als Iene und die kommt kaum jemals hier raus!«

Er tut, als hätte er es nicht gehört. »Es war wirklich schlimm.«

Ich will protestieren, aber er gibt mir keine Chance.

»Und jetzt sag bloß nicht, du warst so gemein zu mir, weil du wusstest, dass ich ein paar Sachen von deiner Mutter geklaut hatte. Du dachtest wirklich, Harry sei es gewesen«, sagt er, weil ich ihm das alles erzählt habe.

»Meinst du nicht doch, Harry hat …«

Er schüttelt den Kopf so energisch, dass ich in dem Sonnenlicht, das in mein Zimmer fällt, Millionen Staubteilchen um seinen Schädel wirbeln sehe. Er sagt: »Ich habe die Ohrringe, zwei Paar Seidenstrümpfe, eine CD von Joni Mitchell und fast eine Unterhose und einen BH gestohlen.« Er beißt sich auf den Zeige- und Mittelfinger, zum Zeichen, dass er es schwört.

»Sei nicht so stolz darauf«, sage ich.

»Bin ich nicht«, sagt er.

»Es ist wirklich krank, weißt du. Ist dir das klar?«

»Kränker, als die Knochen aus einem Hund herauszulösen, ihn zu begraben und dann zu behaupten, er sei dein Vater?«

»Schnauze!«

»Harry ist in Ordnung, Jef.«

»Ja?«

»Ja.«

Ich gehe jetzt jede Woche zu einer Frau, mit der ich über all diese Dinge rede. Eine Psychologin, heißt das. Wir reden über unser Hochhaus und über meine Schwester und über Harry und meinen Vater, der noch lebt. Wir reden über Mama, die nun doch für eine Woche nach Deutschland fährt.

Die Psychologin sagt, Mama müsse das tun, obwohl sie nicht mal versteht, wie lächerlich die Existenz eines Messerclubs überhaupt ist. Ich sage, es sei ja wohl geradezu kriminell, für so etwas seine Kinder im Stich zu lassen. Aber die Psychologin sagt, jeder Grund sei gut genug, gerade unsere Mutter in den Urlaub zu schicken, und von Im-Stich-Lassen könne überhaupt nicht die Rede sein. Sie sagt, Mama würde sich eher in einen Rollschuh verwandeln, als das zu tun.

Ich denke, die Psychologin ist einfach verrückt. Verrückter als Sjoerd und der Zeitungsklauer und Süleyman zusammen.

Aber sie hat wunderschöne Brüste.

Ich kann oft genau zwischen sie gucken. Also ist der wöchentliche Besuch niemals eine richtige Strafe.

»Wenn du geglaubt hast, Klumpfuß hätte schöne …«, sage ich zu Süleyman.

»Du sollst ihr zuhören«, sagt er. »Nicht nur gucken.«

»Das tue ich ja auch«, sage ich. »Aber soll ich etwa die Augen zumachen oder so?«

Ich höre nämlich wirklich zu.

Ich meine, in meinem Kopf verändert sich wirklich etwas. Auch zu Hause und so.

Weißt du, Harry ist immer noch Harry. Und ich finde noch immer, dass er komisch riecht, wenn du mich fragst.

Aber Mama sagt, auch ich hätte einen Geruch. Falls ich das noch nicht gewusst hatte. Auch ich würde auf dem Klo stinken.

Und sie sagt auch, vielleicht sei es wahr, dass ein Schalter umgelegt wird, wenn Harry da ist, aber dass unsere Wohnung – wenn ich dort reingerauscht komme – sich auch verwandelt, und zwar in eine Boeing auf zweitausend Meter Höhe mit Höchstgeschwindigkeit, deren Tür ich plötzlich aufreiße.

Der Fleck unter dem Couchtischbein ist und bleibt von meinem Vater. Mama kann sagen, was sie will. Es ist sein Blut.

Bevor er uns verließ, bekamen sie einen Riesenkrach, der in einen Kampf ausartete.

Mama sah das Messer auf dem Couchtisch liegen. Es lag ganz

nah vor ihren Augen, die tränten von dem Druck seiner Hand auf ihrer Schläfe. Mit diesem Messer hatte sie am Abend Käse geschnitten, um ihn vor dem Fernseher zu essen. Das machte sie sonst fast nie. Einen Moment wunderte sie sich über den Zufall, griff dann mit letzter Kraft nach dem Messer und stach blindlings zu. Erst in sein Knie, das sich irgendwo hinter ihrem Rücken befand. Sie hörte ihn fluchen und stöhnen. Er lockerte seinen Griff. Sie stach noch einmal zu, aber jetzt traf sie seine Hand, die er auf die klaffende Kniewunde gelegt hatte. Sie zog das Messer zurück, weil sie spürte, dass sie es noch brauchen würde.

Er rief etwas, aber sie verstand es nicht. Er trat einen Schritt zurück, um Gleichgewicht ringend wie ein Seiltänzer.

Unsere Mutter konnte sich aufrappeln, aber aus den Augenwinkeln sah sie, wie er die Hand wieder ausstreckte, die Finger wie Klauen gekrümmt. Mit dem Ellbogen wehrte sie seine Hand ab. Seine Brust war jetzt frei. Dann wollte sie noch einmal zustechen, in das Herz meines Vaters. Aber er ging weg. Er kam nie wieder.

Meine Mutter hat mit einem Messer auf meinen Vater eingestochen. Nicht mit irgendeinem Messer. Mit einem Wüsthof Grand Prix 2.

»Wohin gehen wir?«, fragt Süleyman.

Ich schließe die Augen und zeige zur Decke, zur Welt.

»Istanbul«, sage ich dann.

»Das ist ein schönes Land«, sagt Süley.

»Istanbul ist eine Stadt«, will ich sagen. Die größte Stadt der Türkei, seines Landes. Aber ich tue es nicht. Ich sage: »Mein Vater wohnt in Istanbul. Er fährt auf einem gammeligen Mofa mit Hühnern auf dem Gepäckträger durch die Gegend. Es können auch andere Sachen sein. Pizzas.«

Er singt immer, wenn er mit seinem Mofa durch die volle Innenstadt brettert. Manchmal tastet er nach der Narbe an seinem Knie. Vor allem, wenn das Wetter umschlägt. Ab und zu tastet er auch nach seinem Herzen. Wenn er an uns denkt. Daran, wie es auch hätte sein können.